Una Noche de Amor

José F. Nodar

Camden Books Publishing

Una Noche de Amor / José F. Nodar
ISBN: 978-1-7644759-8-3 – Libro de Bolsillo
ISBN: 978-1-7644759-9-0 - Libro Electrónico

Dedication

En memoria de mi esposa, Miriam Vassallo Nodar, y su eterna presencia.

Siempre estás presente en mis pensamientos.

Para todos los que alguna vez amaron profundamente, perdieron por completo y aun así encontraron el coraje para comenzar de nuevo.

Tabla de Contenido

1

Un Encuentro Fortuito

Daniel

Si tuviera un dólar por cada vez que Ryan Michaels me arrastró a uno de estos eventos, podría comprar este café entero y convertirlo en una librería silenciosa, una donde nadie insistiera en una noche de micrófono abierto de poesía ni aplaudiera de forma dramática metáforas sobre tazas de té rotas.

Aun así, aquí estaba otra vez, sentado en un taburete de terciopelo demasiado mullido para ser práctico, mirando un capuchino tibio e intentando fingir que no estaba contando cuánto tiempo podía quedarme antes de que fuera socialmente aceptable irme.

"Necesitas salir más", había dicho Ryan de camino. "Te estás convirtiendo en una carpeta manila".

"Me gustan las carpetas manila", murmuré. "Son ordenadas. Confiables".

Se rió, como era de esperarse. "Esta noche es diferente. La Nota Velvet tiene onda, hombre. Ya verás".

Había esperado. Aún estaba esperando. Y entonces apareció ella.

No fue tanto un momento como un cambio en el aire.

Un segundo estaba divagando mientras un tipo leía un poema sobre la lluvia y, al siguiente, estaba de pie. Literalmente. Porque alguien me había chocado.

En realidad, olvida eso.

Yo choqué con ella.

El café se derramó, su bandeja se sacudió y su delicado jadeo, suave pero cortante, atravesó la música relajada que sonaba de fondo.

"¡Eh, oye! Cuidado, Hemingway".

"Oh, Dios. Lo siento muchísimo", balbuceé, dando un paso atrás y casi tropezando con el taburete detrás de mí. "No te vi".

Sus ojos se encontraron con los míos, agudos y divertidos, como si yo fuera un riff de jazz inesperado que no había planeado pero que, aun así, le intrigaba. Equilibró la bandeja como si lo hubiera hecho mil veces, la muñeca girando con un movimiento suave que mantuvo las tazas de cerámica en su sitio.

"No pasó nada", dijo. "Pero este tipo de aquí estuvo a dos segundos de recibir un facial de espresso".

Me ruboricé, sacudiendo pelusa imaginaria de mi abrigo como si eso me hiciera sentir menos idiota.

"¿Déjame, eh, ayudarte a limpiar eso?", ofrecí.

Levantó una ceja perfectamente arqueada. "¿Planeas seguirme toda la noche con servilletas?"

"Podría convencerme", dije antes de darme cuenta de cómo sonaba. "O sea, no de forma rara, solo quería decir que..."

"Sé lo que quisiste decir", respondió con una sonrisa ladeada que me dejó el cerebro en estática.

"Izzy", añadió tras una pausa. "Bueno, Isabelle Laurant, técnicamente. Pero nadie me llama así a menos que esté en problemas".

"Daniel... Carter", dije, intentando no sonar como si leyera una credencial. "Y probablemente yo esté en problemas".

Se rió. Un sonido cálido y profundo, como un solo de saxofón derritiéndose en las primeras horas de la mañana. "Te daré un pase, Daniel Carter. Primera falta y todo eso".

Justo entonces, Ryan apareció a mi lado con esa sonrisa insoportable que me decía que lo había visto todo.

"Veo que ya conociste a la dueña de La Nota Velvet y a nuestra anfitriona estrella", dijo. "Izzy, este es mi mejor amigo muy gruñón y rehén renuente de eventos literarios".

Izzy guiñó un ojo. "Ah. El hombre carpeta".

"Carpeta manila, específicamente", murmuré.

"Me intriga".

Se alejó flotando antes de que pudiera articular una respuesta, la bandeja equilibrada con elegancia, su presencia dejando una estela como de perfume. Volví a hundirme en el taburete, el pulso aun martilleando como la línea de bajo que zumbaba bajo los altavoces del café.

"¿Por qué no me dijiste que ella era la dueña?", siseé.

Ryan se encogió de hombros. "Porque habrías dicho algo auto despreciativo y te habrías ido temprano".

Justo.

Más tarde, mientras fingía admirar las estanterías llenas de discos vintage y novelas con las esquinas dobladas, me encontré de nuevo cerca del mostrador, atraído como una polilla a una llama con estilo.

Izzy estaba detrás ahora, moviéndose como si estuviera medio bailando, medio trabajando. Tarareaba mientras limpiaba la máquina de espresso. Reconocí la melodía; algún tema viejo de Sarah Vandenburg que mi abuela solía poner.

"Tú cantas", dije, soltándolo antes de tener un plan.

Levantó la vista, sorprendida, y luego sonrió despacio. "Culpable. Tienes buen oído".

"Antes era más fino. Mi mamá era profesora de música".

"¿Y ahora?"

"Ahora escribo comunicados de prensa sobre software fiscal".

Hizo una mueca teatral. "¿En serio? Eso sí que es una caída trágica en desgracia".

"Ni me lo digas".

Apoyó el codo en el mostrador, la barbilla en la mano.

"Entonces, ¿qué te trajo aquí esta noche, Daniel Carter?

Además de la fuerza gravitatoria de mi arte con el latte".

Me reí. "Mi mejor amigo cree que necesito 'exposición a la cultura'".

"¿Y la necesitas?"

"Probablemente. He estado estancado".

Izzy inclinó la cabeza. "¿Estancamiento laboral? ¿Vital? ¿Hastío existencial?"

"Todo lo anterior".

"Bueno", dijo, enderezándose, "estás en el lugar correcto. Arte. Música. Mala poesía. Nos especializamos en despertares existenciales. Y rollos de canela".

"Combinación peligrosa".

"Vive un poco".

Se sirvió una tacita de algo oscuro y me pasó otra. Sin cobrar.

"¿Qué es esto?", pregunté.

"Mezcla de la casa. Más fuerte que tus arrepentimientos".

Di un sorbo.

Era intenso, cálido, un poco dulce al final. Como ella.

"Está bien", dije, dejándola en el mostrador. "Esto es lo mejor que he probado en todo el año".

"No suenes tan sorprendido", bromeó. "Aquí nos tomamos el café muy en serio".

Miré alrededor.

El tintinear suave de las tazas, la luz baja, las cortinas de terciopelo, el hombre en el micrófono hablando ahora del amor como si fuera a la vez una guerra y una canción de cuna.

"¿Construiste todo esto?", pregunté.

"Pieza por pieza", dijo. "Después de dejar de girar en círculos. La carretera era hermosa, pero no amable. Quería raíces. Un lugar donde la música no tuviera que perseguir aplausos".

Asentí. "Está funcionando".

Su expresión se suavizó. "Gracias. Eso significa más de lo que crees".

Nos quedamos ahí un instante, el aire entre nosotros cargado de algo que no había sentido en mucho tiempo. No exactamente una chispa. Más bien reconocimiento. Como si alguna vez hubiéramos escuchado la misma canción en vidas distintas.

Entonces dijo: "Sabes, no eres tan gruñón como te anunciaron".

"Dame tiempo".

Volvió a reír.

Cuando el evento terminó, la gente se fue dispersando y Ryan estaba enfrascado en una conversación con una poeta de pelo corto que parecía citar a Rilke en alemán. Yo me quedé cerca del bar, observando a Izzy cerrar el frasco de propinas.

"¿Ya fuera de turno?", pregunté.

Levantó la vista. "Técnicamente".

"¿Te apetece hablar un rato más con un escritor renuente de software fiscal?"

Se detuvo un segundo y luego rodeó el mostrador y se apoyó a mi lado. "Solo si prometes decirme algo real".

"¿Como qué?"

"Como por qué viniste de verdad esta noche".

La miré, la miré de verdad: la curva de su mejilla, el destello de curiosidad en su mirada. "Porque alguna parte de mí esperaba que pasara algo distinto. Algo que no hubiera planeado".

"¿Y?"

"Y choqué con alguien que hace un café excelente y logra que me olvide de que odio la poesía".

Sonrió. Suave, sin defensas.

"Daniel Carter", dijo, "creo que acabas de pasar la prueba de vibra".

"¿Ese es el examen final?"

"No. Solo el parcial".

"Soy bueno estudiando a última hora".

"Eso apuesto. Eso apuesto", tarareó con un brillo especulativo en los ojos.

Hablamos de música, de ciudades que ambos habíamos amado, de historias que nunca pensamos contarle a nadie... todo aquello hasta que las sillas quedaron apiladas y las luces se atenuaron.

Me contó que una vez perdió la voz durante un show en Chicago y que el silencio la asustaba más que cualquier cosa.

Yo le conté que llevaba años sin escribir nada real.

Se inclinó hacia mí, la voz baja y suave como terciopelo.

"Tal vez solo necesitas la banda sonora adecuada".

"Sí", dije. "Tal vez la necesito".

2

Daniel Carter

Izzy

Mientras cerraba el café y echaba llave a la puerta principal, me serví una copa de vino antes de sentarme en la barra.

Daniel Carter estaba en mi mente.

Tenía ese tipo de presencia tranquila que no capta la atención de inmediato, pero que, una vez que la notas, ya no puedes apartar la mirada. Daniel parecía rondar los cincuenta, aunque había algo atemporal en sus rasgos. Su cabello, de un color sal y pimienta, con la sal quizá empezando a imponerse, estaba prolijamente peinado, aunque conservaba una leve onda que sugería que no era excesivamente meticuloso. Enmarcaba un rostro que, si bien mostraba las líneas de una vida vivida, sobre todo alrededor de sus pensativos ojos marrones, adquiría una cualidad sorprendentemente juvenil cuando sonreía.

No era un hombre grande, pero tenía una complexión firme, un peso cómodo que hablaba de largas horas pasadas quizá más entre libros que entre pesas. Sus manos, cuando gesticulaba suavemente al hablar de algún poeta oscuro, resultaban sorprendentemente elegantes, con dedos largos y delgados. Vestía de manera sencilla: una chaqueta de tweed bien gastada sobre una camisa azul abotonada, un atuendo que se sentía a la vez profesoral y completamente sin pretensiones. Había una pequeña mancha de tinta, casi imperceptible, en su dedo índice. Era un detalle que me resultó extrañamente entrañable. Insinuaba el mundo que habitaba; una conexión tangible con las palabras que claramente amaba.

No era solo su apariencia física lo que captaba mi interés, aunque había en él un atractivo suave. Era la forma en que se le marcaban las arrugas en las comisuras de los ojos cuando hablaba con entusiasmo genuino, el leve pliegue en su ceño cuando reflexionaba sobre algo, y esa aura general de inteligencia serena que parecía emanar de él. También percibí cierta vulnerabilidad, una sombra sutil que quizá había dejado un divorcio reciente (aunque nunca pregunté), y que solo añadía más intriga.

No intentaba impresionar, y eso, me di cuenta, era tal vez lo más cautivador de él.

Terminé de beber el último sorbo de vino, tomé mi bolso y me dirigí hacia la parte trasera, donde estaba estacionado mi coche. Mientras cerraba La Nota Velvet, me pregunté si Daniel Carter volvería por otro café.

3

Isabelle 'Izzy' Laurant

Daniel

Ryan y yo salimos de La Nota Velvet.

Ryan aún estaba alterado por su última conversación y yo, bueno... yo estaba completamente absorto en Isabelle "Izzy" Laurant.

Izzy.

El nombre en sí tenía cierta vibración, y le quedaba perfecto.

Parecía tener más o menos mi edad, quizá ser apenas uno o dos años menor, pero se movía con la energía de alguien diez años más joven. Sus ojos, de un llamativo tono esmeralda que parecía chispear con diversión y un toque de picardía, eran lo primero que llamaba la atención. Una cascada de rizos oscuros salpicados de hebras plateadas los enmarcaba, con vida propia, escapándose del moño flojo que había intentado hacerse en la nuca.

Una Noche de Amor

No era bellamente delicada de una forma convencional, pero había en sus rasgos una calidez y una fuerza profundamente cautivadoras. Su sonrisa era amplia y genuina; marcaba las comisuras de sus ojos y dejaba ver un leve espacio entre los dientes delanteros que, de algún modo, solo sumaba encanto. Podías imaginar esa sonrisa iluminando el escenario de un club de jazz lleno de humo.

Sus manos, de esas que parecían haber vivido, estaban adornadas con varios anillos gruesos de plata. Llevaba un vestido fluido y vibrante, en tonos de azules y verdes profundos, combinado con unas sandalias de cuero que parecían cómodas. Tenía una mancha de harina en la mejilla, que se limpió riendo cuando notó que la miraba. Decía mucho de alguien que no temía ensuciarse las manos, de alguien verdaderamente presente en su propio mundo.

Había en ella una cualidad terrenal, una seguridad sin disculpas que resultaba increíblemente atractiva. Se movía con una gracia natural, incluso mientras iba de un lado a otro detrás del mostrador, y su voz... aún cargada de ese timbre rico, ligeramente ronco, que imaginé alguna vez había llenado salas de jazz... era a la vez cálida y firme. Tenía una forma de hacerte sentir cómodo al instante, como si la conocieras desde hacía años, y aun así había en su mirada una profundidad que insinuaba historias no contadas, experiencias que la habían moldeado hasta convertirla en esa mujer fascinante. No era solo la dueña de un café; bueno, hacía un café extraordinario. Pero yo podía sentir que detrás de esos brillantes ojos verdes había toda una vida vivida, y quería conocer cada uno de sus detalles.

"Supongo que disfrutaste la salida", dijo Ryan, interrumpiendo mis pensamientos.

"Sí, la disfruté", respondí, y lo dejé ahí.

4

La Invitación

Daniel

Había pasado una semana desde la última vez que vi a Izzy. Siete días de reproducir aquella noche como una canción atrapada en bucle.

Su risa, el aroma del espresso recién tostado, el momento en que nuestra conversación pasó de la charla superficial a algo... distinto.

Me había dicho a mí mismo que no significaba nada.

La gente coquetea todo el tiempo, el café se sirve; lugares como La Nota Velvet están hechos para sentirse cinematográficos. Ese era el truco.

Pero incluso sentado en mi departamento, intentando concentrarme en el trabajo, específicamente en una propuesta de marketing para una plataforma corporativa de facturación (emocionante, lo sé), me quedaba mirando por la ventana, pensando en ella. En lo cálidos que eran sus ojos cuando hablaba de música. En cómo algo dentro de mí se aflojó, apenas un poco, cuando le dije que llevaba años sin escribir nada real. Y ella no apartó la mirada.

Aun así, estaba dividido.

Desde el divorcio, me había convencido de que no era material para una relación.

Sandra lo había dicho con claridad cuando empacó sus cajas.

"Tú construyes muros y luego te quejas de que nadie entra", había dicho, al mismo tiempo que doblaba su media docena suéteres. "Lo intenté. Pero haces que todo sea más difícil de lo necesario, Daniel".

No se equivocaba.

Pensaba demasiado; dudaba de todo. Me asustaba cuando las cosas empezaban a ir bien.

Tal vez yo era el denominador común. El hombre que no lograba que funcionara, incluso cuando importaba.

Pero tal vez, pensé mientras me ponía la chaqueta, solo puedo ir por un café. Nada cargado de significado. Solo cafeína y ambiente.

Si ella no estaba, bien.

Si estaba... bueno, ya vería qué hacer.

La nota Velvet estaba más tranquilo de lo que recordaba.

Mitad de semana, después de la hora de la cena; algunos clientes habituales conversaban cerca de la ventana y un piano suave flotaba por los parlantes. No era en vivo esa noche, pero el ambiente seguía siendo denso, como páginas que se pasan lentamente en un libro gastado.

Me senté al fondo, donde la luz bajaba lo justo para sentirse íntima sin volverse sombría. Una camarera que no reconocí se acercó con una libreta y una sonrisa.

"¿Mezcla de la casa?", preguntó.

"Claro. Estaría genial".

Saqué el teléfono y estaba a medio camino de revisar el correo por costumbre, no por necesidad, cuando sentí que alguien se acercaba a la mesa. Levanté la vista y ahí estaba.

Izzy.

El cabello recogido en un moño suelto esta vez, el delantal colgado de forma despreocupada sobre un mono azul marino, las mangas arremangadas hasta los codos. Parecía alguien que pertenecía a una pintura al óleo y a quien no le importaba en absoluto.

"Vaya, vaya", dijo, cruzándose de brazos. "El señor Carpeta Manila regresa".

Sonreí, no pude evitarlo. "Intentando diversificarme. Tal vez añadir un toque de color".

"¿Chartreuse, quizá?"

"No nos adelantemos".

Se sentó en la silla frente a mí sin pedir permiso. "Me preguntaba si volverías".

"Casi no lo hago".

"¿Por qué no?"

"Porque..." me detuve. "Porque pienso demasiado todo".

"Suena agotador".

"Lo es".

Inclinó la cabeza, observándome como si leyera entre líneas. "Pero viniste igual".

"Porque tu café es el mejor que he probado en todo el año", dije.

"Mmm". Asintió. "Claro. El café".

Me aclaré la garganta, de pronto acalorado. "Está bien, quizá la compañía también ayudó".

"Buena salvada".

La camarera dejó dos cafés con un tintinear suave y le sonrió a Izzy, luego desapareció detrás de la barra.

Los dedos de Izzy se cerraron alrededor de su taza. "Te ves mejor esta semana", dijo. "Menos tenso".

Estiré la pierna izquierda, subí el ruedo del jean y señalé. "Mira, incluso vine con zapatillas en vez de mocasines. Es progreso".

Volvió a reír, con facilidad, como si simplemente retomáramos donde lo habíamos dejado, no navegando lo que fuera que esto era.

"Entonces", dijo tras una pausa, "estaba pensando que tengo que cerrar en un par de horas. ¿Te quedarías a tomar una copa? Solo algo tranquilo después de cerrar".

Parpadeé. "¿Aquí?"

"Sí. Suelo tomarme una copa para bajar revoluciones antes de irme a casa. A veces es bourbon. A veces solo té de manzanilla y jazz malo. Otras veces vino. Pero esta noche me gustaría compañía".

Lo dijo con total naturalidad. Sin peso. Sin presión.

Aun así, dudé. Porque alguna parte antigua de mí todavía creía que decir que sí a la gente implicaba arriesgarse a la decepción. O peor, provocarla.

Pero entonces la miré, a la apertura en su rostro, a esa calma segura que me recordaba que no todo tenía que ser un enredo.

"Está bien", dije. "Me quedo".

Su sonrisa fue pequeña, pero sincera. "Bien".

Las luces se atenuaron aún más cuando el último cliente se fue. Izzy cerró la puerta principal con llave, dio vuelta al cartel y luego se movió por el café con una soltura experta, tarareando algo que no reconocí.

"¿Siempre cantas entre dientes?", pregunté.

"Siempre", dijo. "Es como un segundo latido".

Salió de la parte de atrás con dos vasos y una botella de algo color ámbar.

"Yo voto por bourbon esta noche", dijo, dejándolos sobre la barra. "Pero si prefieres té y angustia existencial, no juzgo".

"El bourbon está perfecto".

Chocamos los vasos y, por un rato, simplemente nos quedamos ahí, en silencio.

Sin expectativas. Sin apuro.

Finalmente, habló. "Entonces, Daniel Carter. ¿Cuál es tu historia?"

Di un sorbo. "Divorciado. Ligeramente neurótico. Trabajo en relaciones públicas corporativas, pero en secreto quiero escribir algo que haga sentir algo a alguien".

"Es un gran titular".

"¿Y tú?"

"Ex cantante de jazz. Quemada por los lounges de hotel y las promesas de las discográficas. Construí un santuario a base de cafeína y terciopelo. A veces todavía extraño el escenario".

Me volví hacia ella. "¿Por qué dejaste de cantar?"

Miró su vaso. "No dejé. Puse una pausa. Gran diferencia".

Asentí. "Justo".

Hubo un silencio largo; cómodo, no incómodo.

Entonces dijo: "Sabes, no tienes que demostrar nada para estar aquí".

La miré, sorprendido. "¿A qué te refieres?"

"Sigues esperando que algo salga mal. Lo veo: la duda constante, el darle vueltas a todo. Pero tal vez esto es solo... ya sabes, bonito. Tal vez eso sea suficiente".

La miré entonces, de verdad, y por primera vez en mucho tiempo, no sentí que tuviera que disculparme por estar un poco roto.

"Gracias", dije en voz baja.

"¿Por el bourbon?"

"Por dejarme quedarme".

Me dedicó una sonrisa suave y nos quedamos allí, dos personas con pasado, intentando averiguar si tal vez el futuro no tenía que dar tanto miedo.

Afuera, la ciudad seguía su curso.

Adentro, el tiempo se desaceleraba.

Y en ese pequeño rincón de la noche, color terciopelo, ya no me sentía dividido.

Me sentía... curioso.

Incluso esperanzado.

5

Luces Tenues

Daniel

Perdimos la noción del tiempo. Una copa se convirtió en dos, luego en tres, luego en cuatro, y después dejé de contar. En algún momento, Izzy sacó un disco viejo de detrás de la barra. Una canción suave y crepitante de Billie Holiday que volvió aún más tersa la atmósfera del café. Las luces estaban bajas, ella se había quitado los zapatos y nosotros estábamos recostados en sillones desparejados cerca de la ventana, con una botella de bourbon entre ambos y la ciudad dormida del otro lado del vidrio, apenas interrumpida por algún coche que pasaba.

No sabía por qué hablábamos como personas que no esperaban volver a verse. Era ese tipo de honestidad que solo se comparte con alguien en quien confías, o con alguien que crees que podría desvanecerse con el amanecer.

Me habló de un hombre llamado Javier, su primer amor verdadero.

"Teníamos los dos veintiún años", dijo, mirando a la nada. "Era cubano y tocaba la trompeta como si estuviera persiguiendo a Dios. Vivimos en una furgoneta durante dos veranos, girando por locales pequeños y bares de mala muerte. Olía a madera de cedro y a bourbon, y solía dejarme notas en los zapatos. Notas de papel, literalmente. Pequeños poemas. Tonterías".

"¿Qué pasó?", pregunté.

"No quería quietud", dijo. "Y yo sí. Con el tiempo. Empecé a desear algo que no desapareciera después de cada bis".

Luego estuvo Michael, un productor de lengua afilada y amante del jazz que Izzy conoció en Nueva Orleans. Habían tenido fuego. Pasión.

"Pero demasiado fuego quema la casa", dijo encogiéndose de hombros. "Era brillante, eso sí. Me exigía. Aún pienso en él cuando escribo listas de canciones".

Se detuvo, dio un sorbo a su bebida y continuó.

"Estuvo Max. Él quería casarse conmigo. Mudarse a los suburbios. Garaje para dos autos, conseguir un perro y llamarlo Barkley. Lo tenía todo planeado".

Hizo una pausa.

"Pero no podía respirar en la vida que él quería. Dije que no. Nunca me lo perdonó".

"¿Te arrepientes?", pregunté.

Lo pensó.

"A veces. En mañanas silenciosas, cuando llueve y miro por una ventana. Pero creo que, si hubiera dicho que sí, no estaría aquí ahora. Hablando contigo".

Dejé que eso quedara flotando entre nosotros. Ella bebió despacio, recorriendo mi rostro con la mirada.

"Tu turno".

Exhalé. "Sandra".

Asintió, paciente.

"Éramos buenos juntos, al principio", dije. "Nos conocimos en un festival literario en Vermont. Me preguntó si quería ir a tomar algo y pensé que era la persona más valiente que había conocido. Me hacía sentir visto. Durante mucho tiempo, eso fue suficiente".

"¿Qué cambió?"

"Creo que dejé de dejarla entrar. El trabajo se volvió exigente. Me volví callado. Reflexivo en el peor sentido. Siempre estaba esperando a que las cosas se acomodaran para poder estar presente. Pero la vida nunca termina de acomodarse, ¿verdad?"

Los ojos de Izzy se suavizaron. "No. No lo hace".

"Siempre pensaba que escribiría un libro. Siempre decía: 'Después de esta campaña, después de este trimestre, después del próximo cierre'. Ella quería un compañero. Yo estaba demasiado ocupado intentando ser el gestor de proyectos de mi propio corazón".

No había amargura cuando lo dije. Solo verdad y un zumbido bajo de tristeza.

"Se fue a finales de la primavera, hace dos años", añadí.

"Dijimos que fue de mutuo acuerdo. No lo fue. Ella fue simplemente lo suficientemente valiente como para irse".

Izzy estiró la mano y la apoyó con suavidad sobre la mía. "Lo siento".

No me aparté.

"¿La extrañas?"

"Extraño la versión de mí cuando estaba con ella", admití. "Me sentía más... esperanzado".

Sonrió, con dulzura amarga. "Esa versión no se fue, Daniel. Solo está dormida".

"Tal vez".

Nos quedamos así.

Las horas avanzaron despacio. La botella fue bajando y nuestras voces se volvieron más suaves.

Hablamos de sueños: el de ella, abrir una sucursal de La Nota Velvet en el Barrio Francés de Nueva Orleans; el mío, terminar por fin la novela que había empezado hacía ya siete años sobre un pianista de jazz fracasado que se esconde dentro de una librería.

"Me gusta", dijo ella. "Ya tiene música".

También había música en esa noche.

Y entonces pasó algo, algo pequeño y sísmico. Ella levantó la mano para acomodarse un rizo suelto detrás de la oreja y ese gesto, tan delicado, tan inconsciente, me encendió como una cerilla sobre papel seco.

Su hombro desnudo atrapó la luz.

Sus ojos se encontraron con los míos con una pregunta abierta en ellos.

Y lo sentí, un cambio.

Algo que se movía dentro de mí, algo que creía oxidado desde hacía tiempo. Un pulso de deseo... no lujuria, no nostalgia. Esperanza.

La real, la temeraria, la que se cuela sin invitación y se sienta en la silla vacía a tu lado.

Ella no dijo nada. Solo me miró un instante más de lo que permite una conversación educada. Y me pregunté: *¿hacia dónde va esto?*

¿Qué estábamos haciendo dos personas en sus cincuenta, magulladas, pero respirando, bebiendo las horas como veinteañeros persiguiendo la posibilidad?

¿Y por qué, por primera vez en años, se sentía bien no saber la respuesta?

Me recosté, riéndome de algo que ella había dicho un momento antes. Ni siquiera recordaba la frase, solo que había sido seca, inesperada y tan... tan Izzy.

Me dolía el estómago de reírme.

Tenía las mejillas calientes. Me estaba riendo. Riéndome de verdad. Y me di cuenta de que habían pasado años desde la última vez que lo hice sin forzarlo.

"Dios mío", dije, secándome los ojos. "Eres peligrosa".

Sonrió. "Solo para los hombres que creen ser inmunes a la alegría".

"Sabes, yo solía pensar que lo era".

"¿Ya no?"

La miré.

La forma en que recogía las piernas bajo su cuerpo, la forma en que inclinaba la cabeza cuando yo hablaba y la forma en que no parecía temerle al silencio.

"No", dije. "Ya no".

Afuera, el cielo estaba cambiando. El azul oscuro se desangraba hacia el plateado. La luz temprana se colaba por la ventana como pequeños rayos, rozando las mesas y los vasos a medio beber.

"Probablemente debería irme", dije, aunque no me moví.

La sonrisa de Izzy estaba cansada, pero era cálida.

"Podrías quedarte hasta que salga el sol".

"El sol ya está saliendo y no sería la peor idea que he tenido".

"No", dijo ella, apenas por encima de un susurro. "No lo sería".

Algo estaba ocurriendo. Algo no planeado, no dicho.

Y no estaba huyendo de ello.

No hoy.

6

Nuevos Pensamientos

Daniel

Las calles estaban en silencio cuando salí de La Nota Velvet.

El amanecer aún no había terminado de romper, pero venía en camino. El nuevo día llegaba, como siempre lo hacía, estuviera yo listo o no.

La puerta se cerró con un clic a mi espalda; me giré y lo último que vi fue su sonrisa mientras bajaba las persianas del local.

Por un segundo me quedé quieto en la acera, con el aire fresco de la mañana rozando mi piel aún encendida. Todavía podía sentir el calor de su mano en la mía. Todavía escuchaba la suavidad de su risa en los espacios entre los autos que pasaban a lo lejos.

Debería haberme sentido cansado. El bourbon, la hora tardía. Dios, hacía años que no me quedaba despierto hasta tan tarde. Eso debería haberme hundido de inmediato, como un ancla. Pero no ocurrió. Mi cuerpo vibraba, eléctrico de recuerdos. Mi mente no se detenía.

¿Qué demonios acababa de pasar?

Detuve un taxi porque mis piernas no me inspiraban confianza. El conductor habló poco; solo asintió cuando le di la dirección. Me apoyé contra la ventana y observé cómo las calles de la ciudad se deslizaban ante mí; tranquilas ahora, pero preparándose para la llegada de los trabajadores del día. Por alguna razón, sentí que el mundo era distinto al de la noche anterior.

Más brillante. Menos pesado.

O tal vez el distinto era yo.

Izzy.

Su nombre resonó como una campana en mi pecho.

Al llegar a casa, dejé las llaves en el cuenco junto a la puerta y me quité los zapatos sin acomodarlos en el banco del recibidor. El departamento se sentía más frío de lo que recordaba. ¿Por qué nunca había notado todos esos grises apagados y las superficies impecables? ¿Por qué todo estaba tan ordenado? Demasiado ordenado. Un poco demasiado curado, como si estuviera intentando vivir dentro de un catálogo de "sanación respetable post divorcio" en lugar de un hogar real.

Entré a la cocina, me serví un vaso de agua que no bebí y me quedé allí, sosteniéndolo, mirando a la nada. El reloj marcaba las 6:12 a. m.

Saqué el móvil, marqué el número de la oficina y esperé el tono.

"Hola, soy Daniel", dije, frotándome la frente. "Hoy no estoy bien. Algo no anda bien. Voy a tomarme el día por enfermedad. Nada grave, solo necesito descansar. Gracias".

Colgué y caminé arrastrando los pies hasta el dormitorio. Me quité la chaqueta y me dejé caer boca abajo sobre la cama. Los miembros me pesaban. Los ojos me ardían. Ni siquiera me molesté en cubrirme con las sábanas.

Cerré los ojos.

El licor debería haberme dejado fuera de combate.

Normalmente lo hacía. Pero no esta noche... ¿o era ya esta mañana?

Y es que lo único en lo que podía pensar era en ella.

Izzy.

El sonido de su voz: aterciopelada, un poco ronca por hablar demasiado. La forma en que sus labios se curvaban cuando decía algo honesto, algo apenas vulnerable. La manera en que sus ojos no titubearon cuando le conté la verdad sobre Sandra.

¿Por qué se sentía como si ya la conociera?

Era peligroso, ¿no?

Sentirse así.

Esperanzado, curioso, abierto.

Todas las cosas que había enterrado después del divorcio, después de meses de terapia y de un desapego cuidadosamente construido. Después de decirme que lo que Sandra y yo habíamos tenido era una historia única, irrepetible, y que, como había fracasado en ella, no tenía sentido volver a intentarlo.

Pero Izzy había desatado algo en mí.

No porque fuera hermosa... aunque, Dios, sí que lo era... ni porque coqueteara conmigo, ni porque me sirviera bourbon o contara historias que me hicieron reír como no lo hacía desde hacía años. Era la manera en que escuchaba.

Como si cada frase que yo pronunciaba fuera el primer verso de una canción que quisiera aprenderse de memoria.

Había olvidado lo que se sentía ser visto de esa forma.

Y eso me aterrorizaba profundamente.

El infierno más miserable.

¿Estoy listo?

Esa era la pregunta que daba vueltas sin descanso dentro de mi cabeza.

¿Había aprendido lo suficiente de lo que se rompió con Sandra como para no repetir el mismo baile con alguien nuevo?

Conocía mis defectos.

Mis silencios. Mi tendencia a refugiarme en el trabajo o en la lógica cuando las cosas se volvían demasiado crudas.

Sabía cómo dejaba pasar el momento, esperando el "instante adecuado" que nunca llegaba. ¿Podía ser mejor ahora?

¿Podía elegir estar presente, incluso cuando todo fuera desordenado e incierto?

No lo sabía. Pero por primera vez en mucho tiempo, quería intentarlo.

Y eso, en sí mismo, era aterrador de otra manera.

Porque desear algo otra vez significaba que podía perderlo. Y la pérdida, después de la esperanza, siempre duele más.

Aun así, mientras yacía allí con el corazón dando volteretas y los pensamientos corriendo en círculos que se superponían, no podía evitar sentirme vivo. Estirado de una forma silenciosa y tierna. Como si hubiera estado conteniendo la respiración durante meses y alguien por fin me hubiera dicho que podía exhalar.

El cielo fuera de la ventana estaba cambiando; el gris suave cediendo poco a poco al abrazo luminoso del dorado.

Y finalmente, despacio, mi mente se fue apagando.

Mi último pensamiento antes de dormir no fue una pregunta.

No fue miedo, ni duda, ni arrepentimiento.

Fue ella.

Izzy.

La forma en que me miró cuando dijo: "No tienes que demostrar nada para estar aquí".

Tal vez eso fuera verdad.

7

Una Despedida A Regañadientes

Izzy

Me quedé de pie en la puerta principal mucho después de que Daniel se hubiera ido.

El suave clic del pestillo resonó un poco más fuerte de lo que esperaba en el silencio del café vacío. Alcé la mano y bajé las persianas con un tirón mecánico, aprendido con la práctica, pero después de eso no me moví. Mi mano permaneció en el cordón. Mis ojos seguían fijos en el lugar donde él había estado hacía apenas unos instantes, su silueta recortada por la promesa azulada del amanecer.

¿Qué demonios acaba de pasar?

Debería haber estado limpiando las barras o contando la caja, como siempre. Debería haber tarareado alguna melodía medio olvidada para acompañarme mientras el silencio se cerraba alrededor. Pero no me moví.

En cambio, me quedé ahí, como alguien esperando el siguiente acto de una obra en la que no se había dado cuenta de que había sido elegida, despidiéndolo a regañadientes. Daniel Carter.

El nombre, en sí mismo, no sonaba peligroso.

No como Javier o Max, ni como tantos otros hombres hermosos e imprudentes que habían pasado por mi vida como tormentas de fuego. Y, sin embargo, había algo en él. Algo quieto. Algo firme y de combustión lenta. Como si no necesitara correr al centro del escenario; simplemente llegaría cuando fuera el momento.

Eso me asustaba más que cualquier trompetista o productor tenso y ambicioso que hubiera conocido.

Había pasado por una letanía de hombres, ¿no?

Hombres que deslumbraban, hombres que devoraban, hombres que necesitaban ser salvados o que querían salvarme.

Cada uno con su propio ritmo, su propia historia.

Y cada vez los dejé entrar. Aunque fuera por una temporada, siempre terminaba igual: yo sola, un poco mayor, un poco más sabia, un poco más convencida de que quizá estaba mejor así.

Pero Daniel.

No era ruidoso. No intentaba impresionarme.

Escuchaba.

Hacía preguntas y de verdad esperaba las respuestas. Me miraba como alguien que presta atención, y eso... bueno, eso era más embriagador que cualquier palabra bonita.

Las yemas de mis dedos todavía hormigueaban donde habían rozado su mano. Donde nuestras miradas se habían quedado atrapadas cuando hablamos de cosas que la mayoría de la gente esconde detrás de sonrisas correctas y encogimientos de hombros amables.

Dijo que yo era peligrosa. Ja.

Tal vez era a él a quien debía temer.

Porque ya no dejaba que la gente me viera.

No de verdad.

No así.

Y, sin embargo, esta noche lo había hecho.

Había querido hacerlo.

El reloj sobre la barra dio una suave campanada. Seis en punto.

El sol temprano se derramó sobre el suelo como vetas doradas y, así de pronto, el hechizo se rompió. La realidad volvió a filtrarse, fresca e incómoda.

Parpadeé. Basta, Izzy.

Tomé mi bolso de debajo del mostrador y comprobé los cerrojos dos veces, dejando que la memoria muscular me guiara por los movimientos.

Por la puerta trasera.

Al coche.

Llaves en el encendido.

Radio apagada.

Conduje por las calles conocidas en silencio.

La ciudad parecía contener la respiración: ni noche ni mañana, solo ese punto intermedio.

Igual que yo.

Cuando entré al garaje, me quedé sentada unos minutos más dentro del coche, con el motor apagado. El calor del amanecer se colaba por el parabrisas. Podría haber entrado. Debería haberlo hecho. Pero no lo hice.

Porque en el momento en que cruzara el umbral, sabía que su nombre me seguiría adentro. Como el perfume en una chaqueta prestada. Tenue, pero imposible de ignorar.

Daniel.

Maldito seas.

Me quité los zapatos de una patada en el pasillo y dejé el bolso sobre el banco. Entré en la sala y me dejé caer en el sofá, como si me hubiera estado llamando a casa. No encendí las luces. El resplandor suave de la mañana era suficiente.

Recogí una pierna bajo mi cuerpo; mi manta ya me esperaba en su rincón habitual. Pero todavía no la tomé.

Mi mente seguía acelerada.

¿Qué me está pasando?

Me hizo reír.

Dios, reír de verdad.

No esa risita educada de café que reparto con lattes de leche de avena y bromas ingeniosas. Era la risa que nace del estómago, sin filtro, real.

Me miró como si no solo quisiera acostarse conmigo... aunque lo vi en sus ojos, la chispa, la pregunta... más bien, lo hizo como si quisiera conocerme. A la persona que está debajo de las canciones, las sonrisas y el delantal manchado de café.

Eso era nuevo. Y aterrador.

Había construido este pequeño mundo con cuidado.

La Nota Velvet no era solo un café; era mi fortaleza. Mi confesionario. Mi escenario.

Yo ponía las reglas ahí.

Yo marcaba el tono.

Yo decidía quién se acercaba.

Y, aun así, lo invité a quedarse.

Le pedí que se quedara.

Maldito seas.

¿De verdad estaba lista para volver a abrir esa puerta?

¿Iba a dar otro salto?

Y entonces una voz más suave en mi mente susurró: *¿por qué no?*

¿Y si esta vez no se trataba de fuego o de huida, de intentar encajar el ritmo de otra persona en mi melodía? ¿Y si esta vez era solo un dueto? Sin actuaciones. Sin disculpas.

Solo dos personas que ya habían sido rotas y que quizá estaban listas para recomponer algo.

Daniel Carter, eres una maldita cosa dulce e inesperada. Apoyé la cabeza contra el respaldo del sofá. *Puede que después de todo sí seas peligroso.*

Por fin me subí la manta sobre los hombros y acerqué las rodillas al pecho. El cielo estaba más claro ahora, sonrojándose de rosa en los bordes.

El sueño tiró de mí con suavidad, ya no dispuesto a ser ignorado.

Dejé que los ojos se me cerraran y, justo antes de que el mundo se desvaneciera...

Su nombre.

No dicho en voz alta.

No soñado.

Solo sentido.

Daniel.

8

Un Baile Lento

Daniel

Me dije a mí mismo que no iba a volver. Incluso logré pasar el día entero esperando, solo para terminar otra vez de pie frente a La Nota Velvet. El corazón me latía con fuerza, como si estuviera a punto de entrar a una especie de confesionario.

Era justo antes del cierre; más tarde de lo que cualquiera aparecería normalmente por una dosis de cafeína o para escuchar el último set de jazz. Los últimos clientes se iban marchando, el murmullo de sus despedidas amortiguado por el vidrio. Esperé a que saliera el último antes de empujar la puerta. La campanilla sobre el marco sonó, grave y cálida.

Entré y cerré con llave detrás de mí.

Ella estaba detrás del mostrador, limpiándolo con un paño, el cabello recogido sin mucho cuidado sobre la cabeza.

Cuando alzó la vista y me vio, no hubo ni un atisbo de sorpresa. Solo esa sonrisa lenta y segura que ya se me había quedado grabada en algún rincón de la mente.

"Pensé que podrías venir... bueno, lo esperaba. Le dije a Emily que se fuera temprano", dijo, con la voz envuelta en terciopelo y atardecer.

Me encogí de hombros, sintiéndome de pronto como un adolescente con las manos en los bolsillos. "Yo... eh... no pude dormir".

"Ya somos dos", dijo. Dejó el paño a un lado y señaló uno de los taburetes. "¿Quieres café?"

Dudé. "Esta noche no".

Su sonrisa cambió apenas, revelando algo más suave debajo. "Entonces, vino".

"No voy a decir que no".

Desapareció hacia el fondo y volvió un momento después con una botella de tinto cubierta de polvo y dos copas que no combinaban entre sí. Claro que no combinaban. Este lugar no iba de combinar cosas; iba de historias.

Sirvió sin ceremonia, me tendió una copa y alzó la suya en un brindis casi improvisado. "Por las noches sin dormir", dijo.

"Y la compañía extraña", añadí.

Bebimos.

No sé qué la impulsó a hacerlo. Tal vez fue el vino, o la hora, o algo suspendido en el aire, pero sin decir palabra cruzó hasta el pequeño tocadiscos que tenía en un rincón, cerca del escenario. Parecía antiquísimo, pero ella lo trataba como un tesoro. Con dedos cuidadosos eligió un vinilo de una pila delgada, sopló el polvo de la funda y dejó caer la aguja.

Un crujido suave llenó el local. Luego una trompeta, lisa y sensual. Peter Shales, por supuesto; un cantante de jazz conocido por interpretar el Great American Songbook y estándares de Broadway. Una voz gloriosa; perfecta para bailar.

Se giró hacia mí, con una ceja enarcada.

"¿Bailas, Daniel?"

"No muy bien".

"Perfecto", dijo, y me tendió la mano.

Algo dentro de mí se aflojó.

Dejé la copa, di un paso hacia ella y tomé su mano. Era pequeña y cálida, con callos suaves en los bordes por años de tazas, llaves y vida. Ella apoyó la otra mano en mi hombro. Yo posé la mía en la curva de su espalda baja.

Y así, sin más, estábamos bailando, bueno, algo parecido. Nos movíamos despacio, fuera de ritmo, sin saber bien quién guiaba a quién. Nuestros pies chocaron. Ella rió... Dios, esa risa... y no pude evitar reír con ella.

"Te lo dije", murmuré. "No muy bien".

"Lo estás haciendo bien", respondió, ahora con la voz baja, mientras su mejilla rozaba la mía.

El café estaba vacío a nuestro alrededor. Hicimos una pausa para apilar las sillas sobre las mesas y luego seguimos bailando. La ciudad afuera había vuelto al silencio. O al menos así me pareció. No lo sabía ni me importaba. Éramos solo nosotros, meciéndonos en una sala que de pronto se sentía demasiado íntima y frágil para las palabras.

"¿Sabes?", dijo en voz suave, "esto no era lo que esperaba".

"¿Esta noche?"

"A ti".

Me eché un poco hacia atrás para mirarle el rostro.

"Eso nos pasa a los dos".

Me sostuvo la mirada durante un largo segundo, como si intentara descifrar una letra que nunca había escuchado.

"He tenido a muchos hombres mirándome", dijo al fin. "Pero hacía mucho que alguien no me veía de verdad".

"Izzy..."

"No tienes que decir nada", dijo, apoyando la cabeza con ligereza contra mi pecho. "Solo bailemos".

Y eso hicimos.

Bailamos hasta que terminó esa canción, y la siguiente. Reímos cuando casi tropezamos con un cable. La giré una vez, mal, y chocó con una mesa, a punto de derramar las copas de vino.

Fue ridículo u fue real.

No sabía hacia dónde iba esto.

No sabía si estaba listo. Pero allí, con su corazón latiendo cerca del mío y su sonrisa apoyada en mi hombro, sentí algo que no había sentido en mucho, mucho tiempo. Esperanza y no pensaba dejarla escapar, no con ella.

Aun así, tenía responsabilidades.

Trabajo.

Una conferencia inminente en Melbourne en dos días. Mi vuelo era temprano, y la presentación aún más. Mientras me ponía el abrigo, Izzy inclinó la cabeza de esa manera suya, como si pudiera leerme antes de que hablara.

"Tengo que irme", dije, a regañadientes.

"¿Ah, sí?", preguntó, aunque creo que ya lo sabía.

"Tengo una conferencia en Melbourne. Salgo en dos días. Mañana tengo que preparar todo: reuniones, diapositivas, el caos habitual".

Se recostó contra el mostrador, con los brazos cruzados pero la mirada suave.

"¿Cuánto tiempo estarás fuera?"

"Cinco días. Tal vez seis, si el networking después del evento se alarga".

Sus labios se curvaron.

"Una forma elegante de decir que vas a beber con nerds".

"Exacto", reí. "Pero volveré aquí. La primera noche que regrese, si estás".

Ella dio un paso al frente y me tocó el brazo con suavidad.

"Aquí estaré".

9

La Negación es un Río en Egipto

Daniel

Ese contactó me acompañó durante todo el vuelo a Melbourne. En cada ponencia, en cada cena de networking aburrida, en cada asentimiento cortés. No dejaba de pensar en ella. En su voz, en esa risa fácil, en la forma en que sus ojos parecían atravesar mi armadura. Incluso me sorprendí tarareando uno de los discos de jazz que solía poner cuando estaba solo en el hotel.

Cuando por fin aterricé de vuelta en la ciudad, cansado y con descompensación horaria, pero extrañamente más liviano, no hubo duda de a dónde iría primero después de dejar mis cosas en casa y darme una ducha rápida.

La Nota Velvet.

Era temprano en la tarde, justo antes del bullicio habitual. El sol se colaba bajo por las ventanas, derramando tonos ámbar sobre el suelo del café. Algunas mesas estaban ocupadas; un murmullo tranquilo se entretejía en el aire.

Y allí estaba ella, Izzy.

Riéndose de algo, con la mano apoyada suavemente sobre el hombro de un hombre más joven sentado en la esquina de la barra. Él se inclinaba un poco hacia ella, sonriendo de una forma que hizo que algo en mi pecho se retorciera.

Estaban cerca, demasiado cerca.

Y algo se me hundió por dentro.

Una sensación absurda e inmerecida de traición floreció rápido y caliente.

¿Celos? ¿Inseguridad?

Probablemente ambas.

Fuera lo que fuera, me subió como un sabor amargo a la garganta.

Debí haberme ido. Debí haberlo dejado pasar. Pero no lo hice.

Di un paso al frente, tratando de mantener una apariencia de calma que no sentía, e Izzy me vio. Su rostro se iluminó, genuino, cálido.

"¡Daniel! Has vuelto".

Forcé una sonrisa. "Llegué hace unas horas. Pensé en pasar".

Ella se giró hacia el hombre a su lado. "Daniel, él es Freddy".

Freddy se levantó y me tendió la mano con naturalidad, como si me hubiera estado esperando.

"Encantado de conocerte", dijo, con una voz suave y abierta. "He oído tu nombre un par de veces".

Le estreché la mano, aunque el nudo en mi estómago no se aflojó.

Dios, lo odio, pensé.

Me hizo un gesto para que tomara el asiento junto a él. Dudé un segundo y me senté.

Los tres charlamos con normalidad. Tomamos café, hablamos un poco de viajes, incluso surgió algo de trivia sobre jazz. Freddy era inteligente. Encantador. Y, sin duda, joven; más joven que yo, al menos por diez años.

Observé la forma en que miraba a Izzy. Con comodidad. Con familiaridad.

Y algo dentro de mí se quebró. No pude evitarlo.

Me incliné hacia delante, intentando sonar casual y fracasando por completo. "Entonces, Freddy, ¿cuáles son tus intenciones con Izzy?"

En el mismo instante en que las palabras salieron de mi boca, me arrepentí.

Izzy parpadeó. Freddy me miró como si acabara de preguntarle si creía en los unicornios.

"¿Mis intenciones?", repitió, y soltó una carcajada breve.

"¿Con Izzy?"

La miró, incrédulo.

"Soy el hermano menor de Izzy", dijo, claramente divertido. "¿Qué posibles intenciones podría tener aparte de molestarla, robarle las últimas galletas y conseguir café gratis?"

El silencio que siguió fue doloroso.

Luego Izzy estalló en carcajadas.

"Dios mío, Daniel", dijo entre risas. "¿Pensaste que...?"

"Yo..." me froté la nuca. "Vale, soy un *dummkopf*".

Freddy arqueó una ceja. "¿Un qué?"

"Es... alemán. Para idiota".

Sonrió. "Me gusta".

Lo miré y, para mi sorpresa, añadí: "Creo que tú también me caes bien".

Freddy chocó su taza de café con la mía. "Estás bien, amigo. Solo eres protector. Me gusta eso".

Izzy, todavía riéndose, negó con la cabeza. "Ustedes dos van a ser un problema. Lo presiento".

Pero yo sentía otra cosa ahora.

Alivio. Claridad. Un poco de humildad, sí, pero incluso eso se sentía bien.

Significaba que me importaba.

Justo cuando empezaba a relajarme de nuevo, disfrutando del cálido alivio de no haber sido un completo idiota, la puerta de La Nota Velvet se abrió y entró un torbellino familiar con chaqueta de cuero y botas gastadas.

Ryan.

Claro. Debí haberlo sabido.

Él recorrió el café con la mirada, y sus ojos se posaron en mí al instante. Una sonrisa amplia y autosatisfecha se dibujó en su rostro, como si acabara de ganar una apuesta. "Sabía que estarías aquí", dijo en voz alta, lo bastante como para hacer que Izzy alzara una ceja divertida.

Freddy se recostó en su silla, observando al recién llegado con interés. Ryan se acercó con su estilo habitual y me dio una palmada fuerte en la espalda, como si intentara despertarme la columna.

"Melbourne no pudo mantenerte lejos por mucho tiempo, ¿eh?", dijo guiñándome un ojo. "Con descompensación horaria y ya husmeando por el café de jazz. Era de esperarse".

Freddy soltó una risa. "Tú debes de ser Ryan".

"Culpable", dijo, ofreciéndole la mano. "Y tú debes de ser el famoso Freddy. He oído... francamente, muy poco. A Izzy le gusta guardar las cosas muy cerca del pecho".

"Prefiero 'misterioso'", murmuró. Freddy se inclinó hacia delante, sonriendo. "¿Así que ustedes dos se conocen desde hace tiempo?"

Ryan arrastró una silla sin pedir permiso y se dejó caer en ella con la naturalidad despreocupada de alguien que siempre se ha sentido cómodo en cualquier lugar.

"Desde la universidad", dijo. "Compañeros de cuarto. Una vez lo salvé de un sándwich de atún dudoso y de una lectura de poesía desastrosa la misma noche".

"Nada de eso es cierto", dije sin rodeos.

"Discutible". Se giró hacia Izzy, imperturbable. "Y dime, ¿cómo haces para aguantarlo?"

Izzy sonrió. "Con paciencia. Y vino".

Ryan asintió de forma teatral. "Mujer sabia".

A pesar de los ojos en blanco y de los recuerdos vergonzosos que claramente estaba preparando para lanzar en cualquier momento, me alegraba que estuviera allí. Ryan tenía una forma de irrumpir en las situaciones, pero también de anclarlas. Sabía cortar la tensión con una broma y hacer que cualquiera sintiera que lo conocía desde siempre.

Pero, por supuesto, también tenía cero filtro.

"Entonces", dijo Ryan, mirándonos a Izzy y a mí, "¿ya estamos oficialmente en la fase del romance coqueto en el café, o seguimos fingiendo que todo esto es solo cafeína?"

Gemí. "Ryan..."

Izzy no perdió el ritmo. "No lo sé. ¿Cuál es la fase justo antes de esa?"

"¿Miradas prolongadas sobre el espresso? ¿'Baile lento accidental'?", propuso Freddy, disfrutándolo claramente más de la cuenta.

"Los odio a todos", murmuré dentro de mi café.

Ryan sonrió con malicia. "¿Ves? Daniel se pone todo irritable cuando se está enamorando de alguien. ¿Tengo razón, Daniel?"

Izzy sostuvo mi mirada y algo pasó entre nosotros. No fue vergüenza ni negación, solo...

"Anotado", dijo ella en voz baja.

Ryan se giró hacia Freddy, claramente embalado. "Entonces, ¿cómo estás llevando a este nuevo individuo en el panorama, Freddy? ¿Pasa la inspección?"

"Me parece bien, pero, después de todo, yo no soy quien sale con él, ¿verdad, hermana?"

Ryan parpadeó. "Oh. Bueno, diablos, Izzy, estaba a punto de advertirte sobre salir con hombres mayores".

Todos nos reímos, incluso yo, aunque negué con la cabeza y le lancé a Ryan la mirada más poco impresionada que pude reunir.

Él continuó sonriendo. "¿Sabías, Freddy, que Daniel puede ser del tipo celoso?"

"¿En serio? Jamás lo habría imaginado".

"Claro que lo es. Lo negará". Se encogió de hombros de forma cómica antes de sonreírle al otro hombre. "Por cierto, Freddy, ¿sabías que la negación es un río en Egipto?" Freddy casi se atraganta con esa última, pero Ryan no pensaba parar. Yo dejé caer la cabeza entre las manos y gemí mientras él seguía. Finalmente, tras lo que pareció una eternidad, hizo una pausa para respirar y Freddy intervino.

"Ryan, tú vienes aquí más seguido que yo. ¿Ya empezaron a tomarse de la mano?", preguntó Freddy.

Gemí. "¿Pueden parar?" casi grité.

Ambos se limitaron a dar un sorbo a su café, con esas sonrisas autosatisfechas.

Pero debajo de las bromas y del intercambio fácil, sentí que algo se acomodaba. Esos tres habían empezado a girar a mi alrededor de una forma que no se sentía pasajera.

Se sentía como el inicio de algo.

Y cuando Izzy me miró, con los ojos suaves y brillantes, supe que ella también lo sentía.

Fuera lo que fuera esto, ya estábamos dentro.

Y, para parafrasear a Bette Davis en la película *All About Eve*, abróchense los cinturones. ¡Nos esperaba un viaje movido!

10

El Primer Beso

Daniel

Después de aquella noche en La Nota Velvet, entre el giro inesperado de Freddy, el caos habitual de Ryan y la mirada cargada que Izzy y yo habíamos compartido, supe que necesitaba tiempo con ella. Tiempo de verdad.

No en el bullicio de su café, no detrás del mostrador con clientes alrededor y definitivamente no con Ryan lanzando comentarios como si estuviéramos en una comedia romántica de los 90.

La quería a ella, sin interrupciones.

Sin jazz sonando de fondo, sin tazas tintineando, sin amigos bienintencionados intentando descifrar en qué se estaba convirtiendo todo esto.

Así que al día siguiente la llamé.

"Izzy", dije, un poco nervioso, aunque no estaba seguro de por qué. "¿Hay alguna posibilidad de que te escapes una noche? Solo cenar. Solo nosotros".

Hubo una pausa al otro lado, un leve crujido en la línea, como si el mundo contuviera la respiración por un instante.

"Depende", dijo con tono juguetón. "¿Vas a cocinar tú?"

Me reí. "No, a menos que quieras experimentar algo peligrosamente falto de sal".

"Me intriga, pero también valoro mi vida. ¿Dónde?"

"¿Qué tal mariscos junto a la playa?", pregunté. "Hay un lugar que me gusta en Manly: The Abalone Room. Buen pescado. Mejor vino. Es tranquilo".

No dudó. "Cuenta conmigo".

Quedamos a las 7 p. m. de la noche siguiente.

The Abalone Room estaba escondido fuera de la avenida principal; luz tenue, un jazz suave vibrando bajo en el ambiente y ventanales con vista al mar. Una tormenta leve había pasado más temprano ese día, dejando el aire fresco y un aroma salino.

Cuando llegué, Izzy ya estaba allí, sentada en una mesa de la esquina, con la luz de la vela danzando sobre sus rasgos. Levantó la vista y sonrió al verme; había algo gentil y natural en esa sonrisa que me dejó sin aliento.

"Llegas temprano", dijo.

"Tú también".

Ambos reímos.

Llegó el camarero y pedimos pargo a la parrilla para ella, bacalao de ojos azules para mí y una botella de vino blanco fresco para compartir.

La conversación fluyó sin esfuerzo. Me contó más historias de sus días de gira, cantando en bares oscuros y salones de hotel. De cómo una vez quedó atrapada en un monzón en Kuala Lumpur y terminó cantando para turistas varados en el lobby de un hotel con una banda que había conocido esa misma mañana.

"Tienes una forma especial de coleccionar aventuras", dije.

"No las colecciono", respondió, haciendo girar su copa. "Ellas me encuentran".

Hablamos de Melbourne, de mi conferencia y, sin proponérmelo, le conté más sobre Sandra de lo que esperaba. No desde el rencor. Desde la honestidad. Aquí se sentía seguro.

"Creo", dije, "que en realidad no supe cómo estar presente en ese matrimonio. No de la manera en que Sandra lo necesitaba. Pasé años evitando el conflicto y confundiendo eso con paz".

Izzy no interrumpió; solo escuchó. Eso, por sí solo, me hizo querer contarle más. "¿Y ahora?"

"Ahora quiero estar más despierto. No quiero volver a caminar dormido por nada".

Ella estiró la mano sobre la mesa y apoyó la suya sobre la mía por un momento; un gesto leve, pero firme, que me ancló.

Discutimos por la cuenta, claro. Insistió en dividirla, luego en pagarla. Al final me impuse yo.

"La próxima va por mi cuenta", dijo con falsa severidad.

"Te dejaré creer eso", respondí, sonriendo.

Afuera, el aire estaba aún más frío. La luna colgaba sobre la bahía, dibujando destellos plateados sobre el agua. Caminamos por el malecón, con el mar rompiendo suavemente a nuestro lado. Tomé nuestra primera selfie.

Izzy se estremeció, casi imperceptiblemente.

Sin pensarlo, me quité el abrigo y lo coloqué sobre sus hombros.

Ella alzó la mirada hacia mí, con los ojos grandes, suaves. La brisa levantó un mechón de su cabello y lo hizo bailar frente a su rostro.

Extendí la mano y, con cuidado, lo acomodé detrás de su oreja. Ella se inclinó apenas hacia mi contacto. Y antes de que cualquiera de los dos pudiera pensarlo demasiado o dudar, nos besamos.

No fue dramático ni voraz. Fue silencioso, un poco inseguro al principio, pero había en él una carga, una electricidad inesperada que me atravesó el pecho como una chispa al caer sobre madera seca.

Cuando nos separamos, la miré y dije lo primero honesto que me vino a la mente. "Izzy, creo que los dos necesitamos tiempo. No para huir de esto, sino para estar seguros. No quiero saltar demasiado rápido, no con algo que se siente tan bien, tan real".

Ella no respondió de inmediato. Solo me miró por un largo instante, como si intentara leer los espacios entre mis palabras.

Luego asintió apenas.

"No estoy segura de estar de acuerdo", dijo, "pero lo entiendo".

Le ofrecí una sonrisa un poco torpe. "Eres peligrosa, ¿lo sabes?"

Ella sonrió de lado. "Tal vez el peligroso eres tú". Caminamos un poco más en silencio. Era un silencio que se sentía lleno, no vacío.

Más tarde, después de dejarla en su auto y verla perderse por la calle, caminé hasta el mío y me quedé sentado allí, respirando, por un buen rato.

Porque algo estaba cambiando.

Y por primera vez en mucho tiempo, no tenía miedo de lo que venía después.

11

El Pasado Llama a la Puerta

Daniel

Los días volvieron a desdibujarse unos con otros. Correos electrónicos, informes, llamadas con clientes y noches largas en la oficina, en las que las ventanas se volvían negras antes de que siquiera notara que el sol se había puesto. No había ido a La Nota Velvet en más de tres semanas, aunque llamaba a Izzy siempre que podía.

Ella nunca se quejó.

Al contrario, atendía el teléfono con ese tono cálido y divertido, como si ya reconociera mi voz incluso antes de que dijera una palabra.

"Hola, desconocido", bromeaba.

Y yo respondía con alguna disculpa torpe sobre reuniones que se alargaban o informes que se acumulaban. Pero la verdad era más simple: algo silencioso y luminoso había entrado en mi vida, y me daba miedo no saber cómo manejarlo.

Pero también sabía esto: era feliz. Tal vez por primera vez en años.

Así que, cuando mi teléfono sonó un miércoles por la tarde y el nombre de Sandra, mi ex, apareció en la pantalla, casi se me cayó de las manos.

Me quedé mirando el nombre un segundo, el pulgar suspendido sobre "Rechazar". Pero algo en mí pulsó "Responder".

"Daniel", dijo ella, con una voz más pequeña de lo que recordaba. "Me preguntaba si podrías pasar por aquí. Solo un rato".

No pregunté por qué. No insistí. Simplemente dije que sí, y no tenía idea de por qué lo hacía.

***

La casa se veía igual, pero yo no me sentía igual al acercarme a ella. Toqué la puerta.

Abrió Miriam, la amiga más antigua de Sandra, la que nunca me había tenido especial cariño, aunque jamás lo dijo en voz alta. Sus ojos, normalmente afilados y rápidos para juzgar, estaban ahora apagados y enrojecidos. Se hizo a un lado en silencio.

Fue entonces cuando lo supe.

Sandra estaba en la sala, sentada bajo una manta que parecía demasiado pesada para la primavera. Su cuerpo se veía más pequeño, como si se hubiera plegado sobre sí mismo. Sonrió al verme, una sonrisa suave, como si le costara toda la fuerza que tenía.

"Hola", dijo.

"Hola", respondí, sin saber si debía sentarme, quedarme de pie o darme la vuelta y salir corriendo.

"Pensé que ya era hora", murmuró, dando unas palmaditas al sofá a su lado. "De contártelo. Todo".

Me senté. Y escuché.

Tenía sarcoma uterino.

Uno raro y agresivo. En esta etapa, intratable. Unas semanas, tal vez.

"No quería que te enteraras por otra persona", dijo. "O después de que ya hubiera pasado".

Me quedé inmóvil; la respiración se me quedó atrapada entre las costillas y la garganta.

Y entonces llegó la parte que no esperaba.

"Solía culparte por el divorcio", dijo. "Y también te hice culparte a ti. Pero no eras tú, Daniel. No realmente".

La miré. Sus ojos estaban cansados, pero claros.

"Yo era infeliz mucho antes de que tú lo supieras. Y no te dejé entrar. Te culpé por ser distante, pero fui yo quien cerró la puerta primero".

El pecho se me apretó.

"No me fallaste. Simplemente no pudimos arreglar algo que ninguno de los dos supo nombrar". Extendió la mano y tomó la mía. "Quería que lo supieras antes de irme. Merecías liberarte de eso".

Nos quedamos allí sentados durante mucho tiempo, en silencio. No hubo lágrimas, no entonces. Solo el peso de los recuerdos y de todo lo que nunca se dijo, reposando entre nosotros.

Esa noche conduje de regreso a casa como en una neblina. Izzy llamó justo cuando cruzaba la puerta de mi apartamento.

"Hola, tú", dijo, con la voz luminosa. "Te extrañé hoy".

Casi no contesté.

Casi mentí y dije que el trabajo se había alargado otra vez. Pero no pude.

En su lugar, dije en voz baja: "¿Podemos hablar más tarde? Surgió algo".

Ella no insistió.

"Claro", dijo suavemente. "Cuando estés listo".

Colgué y me dejé caer en el sofá.

Mi mente giraba en cien direcciones.

Sandra se estaba muriendo.

Había soltado la culpa y me había ofrecido algo parecido a la paz.

Pero, en lugar de arreglarlo todo mágicamente, eso me dejó dando vueltas.

Porque, ¿y si siempre había sido yo el culpable y simplemente no lo vi? ¿Y si no merecía esta segunda oportunidad, esta cosa suave y naciente con Izzy?

¿Y si la felicidad ya no era algo que pudiera reclamar?

Cerré los ojos y me recosté, escuchando la voz de Sandra resonar en mi memoria: "No me fallaste".

Pero todavía no sabía si lo creía.

No del todo.

Lo único que sabía era que, por primera vez en años, estaba al borde de algo que se sentía como una felicidad genuina, y ahora no estaba seguro de ser lo bastante fuerte para sostenerla.

¿Debería dar un paso atrás?

¿Debería simplemente detenerme?

Mi mente iba a lugares a los que no quería ir, pero iba. Me empujaba en mil direcciones, pensando que durante todos esos años había fallado a Sandra y no vi su lucha; que solo había pensado en mí. ¡Qué bastardo debía haber sido yo a sus ojos!

Y, sin embargo, Sandra no lo veía así.

"No me fallaste".

¿Fue su último acto de bondad hacia mí dejarme pensar eso, o era la verdad?

Entonces llegaron las lágrimas.

Despacio al principio, luego un poco más, por la mujer con la que había compartido doce años de mi vida. Se estaba muriendo en pocos días y me había dicho: "No me fallaste".

Tal vez no le fallé a Sandra, pero... ¿me fallé a mí mismo por no haberla visto?

12

Tomando Distancia

Daniel

Me tomó tres días llamar a Izzy. Tres días ensayando qué decir. De tomar el teléfono y volver a dejarlo. De quedarme mirando su nombre en mis contactos, con el pulgar suspendido sobre "Llamar", como si estuviera desactivando una bomba.

Le había enviado un mensaje la noche en que Sandra me dio la noticia: "Surgió algo. Te explicaré pronto. Lo prometo".

Debí haberla llamado, pero no pude reunir la energía.

Ella respondió casi de inmediato: "Estoy aquí cuando estés listo".

Eso dolió más que si se hubiera enfadado.

Porque sabía que lo decía en serio. Y eso era lo que lo hacía más difícil.

No estaba listo. No del todo. Pero cuanto más esperaba, peor se sentía.

Al tercer atardecer, después de caminar por mi apartamento como un animal enjaulado, finalmente llamé.

"Daniel", dijo después del segundo timbrazo, mi nombre cargado de alivio y preocupación.

"Hola", logré decir, con la voz baja.

"¿Estás bien?"

"No", dije, y luego hice una pausa. "Pero lo estaré".

Ella no dijo nada de inmediato, simplemente me dio espacio.

"¿Puedo ir?", pregunté.

"Siempre".

La casa de Izzy olía tenuemente a canela y granos de café, como el fantasma persistente de una mañana ya lejana. Abrió la puerta descalza, con jeans y un suéter oversized. Sin maquillaje. El cabello recogido en un moño desordenado.

Dios, era hermosa.

No hizo preguntas cuando me dejó pasar; solo me condujo al sofá, donde nos sentamos uno frente al otro, con las piernas dobladas debajo del cuerpo, como adolescentes a punto de susurrar secretos bajo una manta.

"Es Sandra", dije por fin. "Mi exesposa".

El rostro de Izzy no cambió.

Ni un atisbo de celos.

Solo escucha silenciosa.

"Me llamó de la nada y me pidió que fuera a verla". Miré mis manos. Temblaban un poco. "Se está muriendo".

Izzy se acercó y me tomó la mano sin decir una palabra.

"Tiene un cáncer raro: sarcoma uterino. Ya no hay tratamiento. Unas pocas semanas, como mucho".

El pulgar de Izzy rozó suavemente mis nudillos. No me había dado cuenta de que estaba apretando su mano con tanta fuerza.

"Me dijo que el divorcio no había sido culpa mía", continué. "Que ella se había cerrado mucho antes de que yo siquiera notara que algo iba mal".

Solté una risa hueca.

"Y durante años me culpé. Pensé que quizá había estado emocionalmente ausente, o demasiado centrado en el trabajo, o que simplemente no era suficiente". La miré, con los ojos ardiendo. "Y ahora se está muriendo y me da una absolución que ni siquiera pedí. Y no sé qué hacer con eso. No sé qué se supone que deba sentir".

Izzy no habló de inmediato. Se inclinó y apoyó la cabeza en mi hombro.

"Sientes lo que sientes", murmuró. "No hay una forma correcta o incorrecta de cargar algo así".

Nos quedamos así un buen rato, sin hablar. Su calor a mi lado era como un suéter agradable, apaciguando poco a poco el pánico que se había instalado de forma permanente en mi pecho.

Finalmente dije lo que aún no me había atrevido a pronunciar en voz alta.

"Después de que me lo dijo, empecé a preguntarme si siquiera merezco esto. A ti. Esta segunda oportunidad".
Izzy levantó la cabeza y me miró, con los ojos intensos pero amables.

"Daniel", dijo suavemente, "todos cargamos cicatrices. Algunas nos las ganamos. Otras nos fueron impuestas. Pero que sientas así de profundo, que te lo cuestiones... eso significa que ya eres mejor hombre del que crees que fuiste".

Tragué saliva. La garganta me ardía.

"No quiero hacerte daño", dije.

"Entonces no lo hagas", respondió con sencillez. "Solo quédate. Sé tú. Déjame elegir quedarme, sabiendo todo".

"Haces que suene tan simple".

"No lo es", dijo con una leve sonrisa. "Pero vale la pena".

El pecho se me apretó. No de miedo esta vez, sino de esperanza.

Nos quedamos así hasta que afuera el mundo se oscureció y la ciudad se aquietó. No se hicieron promesas. No hubo declaraciones. Solo un entendimiento: no estaba solo en esto.

Izzy se levantó y caminó hacia la cocina. "Voy a preparar un té".

"Izzy, por favor, no. Ya me voy", fue todo lo que pude decir mientras me levantaba y me dirigía a la puerta. Me giré para mirarla y, sin decir una palabra, cerré la puerta detrás de mí.

Izzy se quedó allí y, con una pequeña lágrima deslizándose por su mejilla, murmuró para sí misma: "Me está alejando".

13

No Confundas el Pasado con el Futuro

Daniel

Los días se desdibujaron. Los pasé entre el trabajo y el apartamento de Sandra, que había adquirido la silenciosa pesadez de una sala de espera. La enfermera de cuidados paliativos entraba y salía con una calma ensayada. Miriam intentaba que el lugar siguiera sintiéndose como un hogar: hacía sopa, encendía velas, abría las persianas, pero el aire estaba cargado de una cuenta regresiva que nadie nombraba.

Sandra se estaba apagando. Su cuerpo encogiéndose, su voz reducida a un susurro la mayoría de los días.

¿Pero su mente? Seguía lúcida. Seguía siendo capaz de tomarme por sorpresa.

"Nunca te ves más feliz que cuando hablas de ella", dijo una mañana, con la voz áspera pero firme.

"¿De quién?"

Me lanzó esa sonrisa ladeada que solía usar cuando me ganaba en las cartas. "No te hagas el tonto. Izzy".

Aparté la mirada. "Eso ya terminó".

"No", dijo. "Está en pausa. Y quizá por una razón que a ti te parece noble, pero no confundas la culpa con el deber, Daniel. Yo ya hice las paces. Tú también deberías hacerlo".

No respondí.

Solo me quedé ahí, sosteniéndole la mano, con un silencio ensordecedor entre nosotros.

Más tarde esa noche, caminé a casa en vez de tomar un taxi. Necesitaba el aire nocturno, la distancia. Mis pies me llevaron frente a La Nota Velvet sin que yo lo decidiera. Las luces estaban encendidas. Había gente dentro. No me detuve.

Ni siquiera miré por la ventana.

Habían pasado casi dos semanas desde la última vez que vi a Izzy.

Llamé una vez. Dejé un mensaje diciendo que estaba resolviendo algunas cosas.

Ella no devolvió la llamada, y no la culpé.

Me había alejado tan rápido que probablemente pareció que nunca la quise de verdad.

Pero sí.

Dios me ayude, sí la quería.

Y cada día que no iba a verla se sentía como una traición.

Pero cada día que no iba a ver a Sandra se sentía como un abandono.

Así que elegí a la que se estaba yendo. A la que no estaría aquí mucho más tiempo. A la que podía enterrar junto con mi culpa.

Hasta que apareció Ryan.

Se metió en mi apartamento como siempre lo había hecho, con los brazos llenos de comida para llevar y actitud.

"Jesús, Daniel", dijo, lanzándome un envase de arroz frito. "Pareces un personaje rechazado de Dickens".

Lo ignoré y me senté en la mesa de la cocina. Él se sentó frente a mí y empezó a comer sus fideos como si fuera un día cualquiera.

"Izzy me llamó", dijo al rato.

Levanté la vista, sobresaltado. "¿Lo hizo?"

"Estaba preocupada. Dijo que desapareciste. Pensó que quizá te había pasado algo".

"No se equivoca".

"Deberías llamarla".

"Lo he hecho, pero ahora no puedo hablar con ella".

Ryan dejó caer los palillos con un chasquido. "Tonterías".

"Estoy lidiando con algo".

"¿Y qué es exactamente lo que no estás enfrentando al evitarla?"

Me levanté y fui al fregadero. El estómago se me revolvía. "Es complicado".

"No, no lo es". Alzó la voz. "Amas a alguien que te ama de vuelta, maldita sea. Y sí, tu exesposa se está muriendo. Eso es horrible. Pero no lo arreglas castigándote y alejando a la única persona que te hace sentir vivo otra vez".

Me giré, con la rabia burbujeando. "No lo entiendes".

"No, sí lo entiendo. Más de lo que crees. Tienes miedo. ¿Crees que si te permites ser feliz significa que no quisiste lo suficiente a Sandra? Eso no es duelo, amigo. Eso es culpa. Y te va a devorar si se lo permites".

Lo miré, respirando con dificultad. "Se está muriendo, Ryan".

"Y quiere que tú vivas".

Volví a sentarme. Todo el peso cayó sobre mí de golpe.

"Tengo miedo de arruinarlo otra vez".

"Entonces no lo hagas. Aprende. Habla. Sé honesto. Preséntate". Su voz se suavizó. "Mereces una oportunidad de alegría, Daniel. Incluso ahora. Sobre todo ahora".

El silencio se estiró entre nosotros. Luego Ryan se levantó y me dio una palmada en el hombro.

"No eres el hombre que eras con Sandra. E Izzy tampoco es ella. No confundas el pasado con el presente".

Lo miré, algo rompiéndose dentro de mí. Y por primera vez en muchos días, me permití llorar.

14

La Versión de Ella

Daniel

Por supuesto, tenía que ser una tarde gris para el funeral. El cielo colgaba pesado sobre el cementerio, lleno de nubes apagadas y de un viento que no terminaba de decidirse si quería llover o no. Yo me quedé cerca del fondo, lejos del círculo más cercano de dolientes. Miriam, algunos primos de Sandra, dos colegas de sus años de trabajo. Se agrupaban como si el propio dolor tuviera un centro, y yo ahora solo orbitara a su alrededor.

No recuerdo qué dijo el sacerdote. Algo sobre la paz.

Algo sobre el descanso.

Mantuve la vista fija en el ataúd.

Sandra se veía pequeña dentro de esa caja.

No tenía sentido.

Ella siempre había sido más grande que la vida. De ingenio afilado, sin miedo a expresar lo que pensaba, el tipo de mujer que usaba labial oscuro para ir a un brunch y leía poesía en voz alta, aunque nadie se lo pidiera.

Y ahora simplemente ya no estaba.

Cuando el funeral terminó, la gente se fue dispersando lentamente, murmurando condolencias, apoyando una mano en mi brazo, ofreciendo sonrisas tensas que lo decían todo y nada a la vez.

Me quedé un rato más, mirando la lápida que aún no habían grabado, cuando una mujer con un abrigo azul marino se acercó. Reconocí el rostro, pero no el nombre. Una de las amigas de Izzy, estaba seguro. La había visto una vez en La Nota Velvet, riendo con ella, inclinada sobre la barra.

Sonrió con suavidad, pero había algo cómplice en su mirada.

"Lamento tu pérdida", dijo con cuidado.

"Gracias".

Hizo una pausa, mirando las flores dispuestas sobre la tumba. "Izzy quería venir. Pero pensó que quizá necesitabas espacio".

Tragué saliva.

Su nombre se sintió como una piedra rebotando sobre un lago congelado dentro de mi pecho.

"Dile que lo entiendo", dije.

La mujer ladeó la cabeza, observándome con demasiada atención. "Lo haré. Pero espero que sepas que ella ya ha pasado por esto antes".

Eso me detuvo.

"¿A qué te refieres?"

"Amó a alguien una vez", dijo, ahora en voz baja. "Lo amó de verdad. Él se fue antes de que ella pudiera siquiera decírselo. Simplemente desapareció. Dijo que no podía con ello, que no estaba listo, o cualquier excusa que la gente usa cuando tiene miedo".

No dije nada. No hacía falta.

"No te va a perseguir, Daniel", añadió. "Ella ya no es esa chica. Y no creo que deba volver a serlo".

Eso se me quedó grabado. Me golpeó en el estómago con más fuerza de la que estaba preparado para recibir.

Me dedicó una sonrisa pequeña, casi nostálgica. "Espero que descubras qué es lo que quieres antes de que sea demasiado tarde".

Y así, sin más, se fue, mezclándose con los dolientes que se retiraban como si nunca hubiera dicho una sola palabra.

Ni siquiera sabía su nombre, así que me quedé allí un rato más. El tiempo suficiente para que el viento finalmente dejara caer unas gotas de lluvia. El tiempo suficiente para sentir cómo empapaban mi chaqueta. El tiempo suficiente para darme cuenta de que el dolor en el pecho tenía menos que ver con Sandra y más con el espacio que Izzy había dejado atrás. Porque ella se había ido.

Había dejado de escribir.

Dejó de llamar.

No fue al funeral, y aunque lo entendía, aunque lo respetaba, aun así, dolía.

Yo había desaparecido de su vida cuando las cosas se pusieron pesadas. Igual que el hombre anterior a mí.

Esa era la versión de la historia de Izzy.

Y ahora, si la quería... Si nos quería a nosotros, tendría que hacer algo aterrador.

Tendría que aparecer.

15

La Nota Velvet

Daniel

Nunca había caminado tan rápido hacia La Nota Velvet. Esta vez no hubo vacilación, ni vueltas a la manzana, ni recados inventados o llamadas que pudieran distraerme. Solo yo, el cuello del abrigo levantado contra el viento, el corazón martillando, el estómago retorcido de esa forma tan familiar que decía que quizá ya era demasiado tarde.

Pero ya no importaba. Tenía que intentarlo.

En el momento en que entré, supe que Izzy no estaba allí.

El lugar estaba más tranquilo de lo habitual; mitad de semana, después del *rush*, y detrás de la barra, con las mangas remangadas y puliendo un vaso como un cliché de camarero de sitcom, estaba Freddy.

Me vio de inmediato y me dedicó una sonrisa lenta, neutral. Me acerqué intentando parecer tranquilo, pero todo en mí gritaba urgencia.

"Hola", dije.

"Hola tú", respondió Freddy, apoyándose en la barra.

"Pareces que te hubiera pasado un tren por encima".

Resoplé. "Algo así".

Freddy me observó un momento. Tenía los ojos de Izzy, pero donde los de ella guardaban un calor como de vela titilando entre sombras azul jazz, los suyos eran más afilados, cautelosos. Protectores.

"La estás buscando", dijo. No era una pregunta.

"Sí".

"No está aquí".

Asentí, sin saber bien qué decir después, así que pregunté: "¿Sabes dónde está?".

"No, no lo sé, pero está bien", añadió Freddy, casi como si pudiera ver el pánico que me estalló en el pecho. "Solo necesitaba un descanso".

"¿Del café?"

"De todo, creo".

Se hizo un silencio largo entre nosotros, lleno del murmullo bajo del jazz y del tintinear de cubiertos en la parte de atrás. Entonces Freddy salió de detrás de la barra y se agachó.

"Imaginé que acabarías apareciendo", dijo, sacando un sobre sellado y dejándolo con cuidado sobre la barra. "Me pidió que te diera esto".

Me quedé mirándolo. "¿Lo leo aquí?"

Freddy negó con la cabeza. "Dijo que lo leyeras lejos del café. A solas".

Mi mano se quedó suspendida sobre el sobre, pero aún no lo tomé.

"¿Qué dice?", pregunté.

Se encogió de hombros. "No es mi historia que contar, ni asunto mío".

"Sabes", dije, intentando sonreír, "eres bastante intimidante para ser un camarero de jazz".

"Bien", respondió, con una sonrisa afilada. "Significa que estoy haciendo mi trabajo".

Al fin tomé el sobre.

Pesaba, como si contuviera algo más que papel, como si llevara el peso de semanas, de dudas, de demasiados casi.

"Gracias", dije.

Freddy asintió. "No esperes demasiado".

No lo abrí de inmediato.

Tomé el camino largo a casa.

Llevé el sobre en el asiento del copiloto como si pudiera morderme. Incluso después de entrar y tirar las llaves en el cuenco, no lo leí. Me serví un vaso de scotch, apagué las luces y me acomodé en la penumbra, iluminado solo por una lámpara. Fui hasta el escritorio con la bebida y me quedé mirando la carta como si fuera a detonar.

Era miedo.

Lo sabía.

No miedo al rechazo. No exactamente.

Era miedo de que ella hubiera seguido adelante.

De que me hubiera visto tal como soy, a través de mi cobardía, y me hubiera descartado.

De haber esperado demasiado.

Pasaron las horas.

La medianoche fue y vino.

La calle afuera quedó en silencio. Ya no podía evitarlo más.

Abrí el sobre.

Lo primero que vi fue su letra: elegante, segura, ligeramente inclinada hacia la derecha. Igual que ella.

Daniel,

He reescrito esto una docena de veces. Tal vez más. No se me da bien dejar que la gente me vea, no cuando de verdad importa. No eres el único que sabe huir. Yo también he hecho mis buenos trucos de desaparición. Pero he pasado demasiados años esperando a que el amor se quede. Esperando a que alguien deje de irse antes de que yo pueda decir: "No".

No voy a esperarte, Daniel. No puedo. Pero estaré aquí si decides dejar de huir.

Izzy.

Eso fue todo.

Sin rabia.

Sin súplica.

Solo una invitación.

Y lo que me destrozó, lo que me llenó los pulmones como aire después de una inmersión profunda y difícil, fue que ella aún creía que había algo por lo que valía la pena quedarse.

Simplemente no iba a rogar por ello.

Doblé la carta con cuidado y la presioné contra mi pecho, como si por alguna magia silenciosa eso pudiera acercarme a ella.

"He terminado de huir", le dije al apartamento vacío.

Y lo decía en serio.

16

La Realización

Daniel

No podía dormir. La carta de Izzy estaba sobre la mesita de noche como si tuviera un latido.

Cada vez que cerraba los ojos, sus palabras resonaban en mi cabeza:

No esperaré por ti, Daniel. No puedo. Pero estaré aquí si decides dejar de huir.

Había dejado de huir.

Pero ahora ella se había ido.

Me senté, tomé mi teléfono y miré mis contactos.

¿Cuántas de sus amigas conocía realmente?

Cero. Ese era el número.

Consideré llamar a Freddy, pero algo me decía que no resultaría bien. Ya me había hecho un favor dándome la carta; no estaba seguro de poder esperar más.

¿Ryan, entonces?

Ryan era mi especialista en caos.

Y si alguna vez había un momento en que necesitaba que el caos se inclinara a mi favor, era ahora.

Lo llamé a las 2:14 a.m.

"¿Daniel?" Su voz sonaba adormilada. "Más te vale que estés en la cárcel o en llamas".

"Izzy se ha ido".

Pausa. "¿Cómo que se fue? ¿Se fue de verdad?"

"Se fue. Freddy me dio una nota. No está en el café, y no sé dónde está".

"Vaya". Bostezó. "Finalmente admitiste ante ti mismo que estás enamorado de ella, ¿verdad?"

"Creo que sí".

"¿Crees que sí?"

"Leí su carta cuatro veces, lloré una de ellas, y ahora te llamo en medio de la noche porque necesito encontrarla".

"Sí, eso es amor". Exhaló. "Muy bien, Watson. Vamos a encontrar a tu chica del jazz". Pausó mientras pensaba. "¿A cuál de sus amigas llamaste primero? Las mujeres suelen acudir a otras mujeres para compartir cosas".

Me mantuve en silencio.

"¿Hola... Daniel? ¿Estás ahí? ¿Nos desconectamos?"

"Ryan, no tengo contactos de ella".

"¿Ninguno?"

"Ninguno".

"Bueno, eres un inútil. ¿Estoy en tu lista de contactos?"

"Sí, por supuesto".

"Solo comprobando. Bien, ¿a qué hora abre La nota Velvet?"

"¿No lo sabes?"

"No, Daniel, por eso te lo pregunto a ti. Deberías saberlo. Has estado saliendo con la dueña durante seis meses".

No tenía ni idea.

Nunca había ido por la mañana. Si me quedaba tarde con Izzy, ella cerraba y se iba a casa. Alguien más tenía que abrir el café.

"Déjame buscarlo. Espera".

Abrí una pestaña nueva y encontré la página web.

En letras blancas brillantes al final de la página principal estaban los horarios: 6:00 a.m.

"Ryan, abre temprano, a las 6:00 a.m".

"Demasiado temprano para mí. Nos encontramos allí a las 10:30 a.m. Así evitamos a los madrugadores que van por café, al público del desayuno y a los entusiastas del café de media mañana. Entonces podemos hacer preguntas más civilizadas".

"No, Ryan. Quiero estar allí temprano. Para empezar a buscar a Izzy".

Silencio al otro lado de la línea.

"Daniel. ¿Tienes alguna idea de qué preguntas hacer? ¿Por dónde empezar? ¿A quién preguntar?"

Silencio de mi lado de la línea.

"No, no la tengo".

"Entonces deja que yo haga las preguntas. Tú compras el café cuando lleguemos. Nos vemos a las 10:30 a.m. en La nota Velvet".

Llegué a las 10:30 a.m. al café, con ropa y una determinación que probablemente me hacía parecer que tenía resaca. Freddy estaba detrás del mostrador, trabajando en la estación de barista. Algunos otros jóvenes atendían el bar o servían mesas. Me vio y suspiró como si supiera que esto iba a pasar.

"Necesito encontrarla", dije.

"Lo imaginé", respondió, haciendo un expreso con calma.

Justo entonces, Ryan entró.

"Buenos días a todos. Encantador día. Muy buenos días para ti, Freddy".

"Buenos días, Ryan. ¿Lo de siempre?"

"Sí, por favor, y unos minutos de tu tiempo cuando me lo traigas a la mesa. Hazlo para dos. Daniel tendrá lo mismo".

"¿Qué demonios, Ryan? Yo le estaba haciendo preguntas a Freddy..."

Pero Ryan me agarró de los brazos y me llevó a una mesa en la esquina.

"Siéntate. Cállate. Toma tu café cuando llegue. Yo me encargo. Ahora, ¿qué le preguntaste a Freddy?"

"Le dije que necesitaba encontrarla".

"¿Y?"

"Iba a preguntarle su apellido cuando tú entraste".

"¿NO SABES SU APELLIDO?"

"Bueno, no creo. No, no sé su apellido".

"Él te lo dio", dijo. "Solo que no estabas escuchando".

"Laurant. Claro". Parpadeé.

Justo entonces Freddy llegó con dos mezclas que parecían café.

Miré mi taza y pregunté: "¿Qué es esto?"

Freddy sonrió y explicó: "Esta es la bebida matutina favorita de Ryan. La llamamos el *Bom Velvet de Ryan* en su honor. Un doble expreso tostado oscuro con leche condensada en el fondo".

Ni loco iba a tomar eso.

"Freddy", intervino Ryan, "¿tienes un momento para una o dos preguntas?"

"Por supuesto que sí para ti, Ryan. ¿Qué pasa?"

"Mi querido amigo parece haber extraviado a Izzy y necesita encontrarla. ¿Sabes dónde está?"

Él pausó. "No quiso que nadie la persiguiera".

"Freddy, por favor".

Freddy miró a Ryan, luego me estudió por un momento. Suspiró y metió la mano en su delantal. "Ella dejó esto aquí hace unos días".

Era una postal. Vacía por detrás, pero la imagen mostraba una costa rocosa. Sin texto. Sin dirección.

"¿Alguna idea de dónde es esto?"

Negó con la cabeza. "Pero eres ingenioso, ¿no, Ryan?"

"Una vez me quedé fuera de mi apartamento y usé un churro de piscina y una espátula para entrar".

"Vas por buen camino".

"Gracias, Freddy. Eres un caballero y un genio con el café".

Cuando Freddy volvió detrás del mostrador, le pregunté a Ryan por qué había venido. Podría haber hecho la misma pregunta y habría obtenido la misma respuesta.

"No, muchacho, no lo habrías hecho. Verás, Freddy me dijo que le caías bien, pero una vez que le rompiste el corazón a su hermana, pasaste al basurero con él. Así que, de nada".

"¿Y ahora qué?"

"Solo sígueme".

Después de terminar esa monstruosidad llamada el *Bom Velvet de Ryan*, Ryan y yo tomamos un taxi y nos dirigimos al distrito financiero central, hasta que nos detuvimos frente a una agencia de viajes.

Entramos y Ryan se acercó a una joven agente de viajes detrás del escritorio, dejó la postal sobre él y preguntó: "Señorita, ¿sabe dónde es esto?"

La empleada parpadeó al mirar a Ryan. "¿Esto es... tarea?"

"No. Es personal".

Ella examinó la foto. "Parece... no sé, ¿quizá Kiama? ¿Podría ser Bombo Beach?"

"¿Estás segura?"

"No".

Ryan tomó la postal y me miró. "Sígueme". Salimos y entramos en una cafetería contigua.

"¿Y ahora qué?"

"Hora de un café".

"Acabamos de tomar café".

"No, yo tomé un *Bom Velvet de Ryan*; ahora es hora de un latte".

Así que pedimos un latte y esperamos a que llegara a la mesa.

"Dame tu teléfono", ordenó Ryan.

Obedecí como un campesino y se lo entregué.

Cinco minutos después me lo devolvió, diciendo que me había agregado a un grupo de Facebook de fotografía costera y había subido la imagen, fingiendo que yo era un bloguero de viajes.

Diez minutos más tarde, alguien comentó: "Casi seguro que es Long Gully Point. Cerca de Gerroa".

¡Bingo!

"Genial. Volvamos a mi casa". Me levanté. "Empaco una bolsa rápida y luego te llevo a la tuya para que también empaques, y después nos vamos a Long Gully Point".

"Tranquilo, Sherlock. Tú empacas y te vas. Yo no tengo nada más que hacer aquí".

Me tomé un momento para pensar cómo decir lo siguiente. "Ryan, todo lo que hiciste y preguntaste, ¿yo también podría haberlo hecho? ¿Qué lo hace especial cuando lo haces tú?"

"Muchacho, es simple. Es cómo lo hago y cómo lo digo. Soy maravilloso".

De vuelta en casa, no empaqué nada más que la postal, mi cepillo de dientes y tres días de ropa limpia.

Me detuve en cada café de cada pueblo costero del camino que se pareciera, aunque fuera vagamente a la foto, por si la publicación de Facebook estaba equivocada.

Un dueño de café en Berry dijo que yo parecía "románticamente despeinado".

Otro, en Gerringong, me preguntó si estaba "buscando una conexión espiritual".

"No", respondí. "Solo una cantante de jazz con debilidad por las metáforas y la cafeína".

El tipo asintió solemnemente. "¿No somos todos así?"

El avance vino de la fuente más inesperada: un pescador llamado Kevin.

Caminaba por un sendero cerca de la playa en Gerroa, sosteniendo la postal como si fuera una varilla de zahorí, cuando vi a un hombre limpiando sus redes.

"¿Perdido?" preguntó, sin mala intención.

"Más o menos. Busco a alguien".

"¿No hacemos todos eso?"

Le mostré el único selfie de Izzy y mío y le pregunté si la había visto.

"Ah, sí. Se está quedando más arriba por el camino".

Mi corazón casi se me sale del pecho. "¿Qué?"

"Sí. Apellido Laurant, creo. Vino por café hace dos días a nuestra cafetería local. Dijo que solía cantar. Ojos bonitos. Buena figura. Le gusta la soledad".

Me quedé atónito. "¿Dónde se está quedando?"

"En una cabaña con vista al mar, creo. Sube por el sendero, pasa el puesto de salvavidas. La tercera, con el techo verde".

Le di las gracias efusivamente. Casi lo abracé. Creo que hasta lloré un poco.

Luego corrí.

La cabaña estaba en silencio.

Me quedé afuera unos buenos diez minutos antes de atreverme a tocar. Practiqué lo que iba a decir al menos cuatro veces.

Pero cuando la puerta se abrió, todo eso desapareció. Izzy estaba allí, con un suéter suelto y sin maquillaje. Llevaba el cabello recogido en un moño desordenado y se veía como la cosa más hermosa que había visto en mi vida.

Se quedó inmóvil al verme. "¿Daniel?"

"Hola", dije, sin aliento.

No dijo nada.

"Recibí tu nota", continué. "No la leí de inmediato. Tenía miedo. Pero la leí. Y... estoy aquí. Vine".

"¿Por qué?"

"Porque he sido un idiota".

Ella esperó a que siguiera.

"No supe cómo aferrarme a algo bueno. No después de Sandra. Y luego Sandra volvió a mi vida solo para despedirse. Y eso me recordó todo en lo que pensé que había fallado. Y tú... tú empezabas a sentirte como todo lo que no merecía".

Los ojos de Izzy se suavizaron, pero no habló.

"Quería ser valiente", dije. "Pero no sabía cómo. Hasta ahora. Hasta ti".

Un largo silencio.

Luego, suavemente: "¿Cómo me encontraste?"

"Ciberacoso. Algo de posible acoso a una joven agente de viajes, mucho café y un pescador llamado Kevin".

Sus labios se curvaron apenas. "Kevin tiene una sonrisa agradable y sabe recomendar un café excelente".

"¿Mejor que el *Bom Velvet de Ryan*?" pregunté.

"Dios mío, sí", respondió. "Pero su conversación es de cinco estrellas".

Sonreí, y ella rió. Una risa pequeña, reticente, hermosa.

"Siento haberme ido así", dijo.

"Lo entiendo. Te alejé. Dejé que el miedo decidiera por mí".

"¿Sigues teniendo miedo?"

Di un paso más cerca. "Sí. Pero igual estoy aquí".

Me miró durante un largo rato. Luego se giró un poco y abrió la puerta de par en par.

"¿Quieres un café?"

"Preferiría una cerveza".

Alzó una ceja. "¿Desde cuándo bebes cerveza?"

"Desde que Ryan me obligó a tragarme un *Bom Velvet de Ryan*", dije con solemnidad.

Entonces sonrió. "Pasa".

La cabaña olía a sal marina y pino. Había libros por todas partes, una guitarra junto a la ventana y un cuaderno de bocetos medio lleno sobre la mesa.

Nos sentamos frente a frente en el sofá. Ella sostenía una taza de café caliente y yo una Great Northern Super Crisp que tenía en el refrigerador.

Por un tiempo, ninguno de los dos habló.

El silencio no era incómodo. Era...tentativo.

Como una primera nota antes de que comience la canción.

"Quise decir lo que escribí en la carta", dijo finalmente Izzy. "No voy a perseguir a nadie otra vez. Ya lo he hecho demasiadas veces".

"No deberías tener que hacerlo".

"Quiero estar con alguien que se presente. No solo con gestos grandiosos, sino de manera cotidiana".

Asentí. "Quiero ser esa persona. Para ti".

"¿Y qué hay de todo lo demás? ¿Tu culpa? ¿Tu dolor?"

"Sigue ahí. Pero ya no va a conducir".

Izzy me miró con atención, estudiando cada palabra como si fuera una letra que no había escuchado antes. Luego extendió la mano a través del espacio entre nosotros y tomó la mía.

"Está bien", dijo suavemente.

"¿Está bien?"

"Empezaremos aquí. Con café, cerveza y honestidad".

"Eso suena a un álbum de jazz".

Ella sonrió. "Quizá lo sea".

Más tarde, caminamos por la playa mientras el sol se hundía bajo el horizonte, dorando las olas.

Izzy entrelazó su brazo con el mío.

Sin fuegos artificiales.

Sin declaraciones grandiosas.

Solo un silencio compartido que lo decía todo.

Mientras mirábamos la marea subir, me di cuenta de algo.

A veces el amor no llega con trueno.

A veces simplemente... se queda.

Y ahora, yo también.

17

Una Noche de Amor

Izzy

El sonido del océano se deslizó dentro de la cabaña como una canción de cuna cuando abrí la puerta. Se sentía como un vaivén suave y rítmico. Encendí una pequeña vela en el alféizar de la ventana, más por costumbre que por necesidad de luz. La luna ya hacía su parte, derramando plata por la habitación y convirtiendo la cabaña en algo de otro mundo, algo sagrado.

Daniel había vuelto a quedarse en silencio.

No del tipo incómodo. Era otra cosa. Esa pausa suya, cuando estaba profundamente concentrado, intentando ordenar algo a lo que aún no podía ponerle palabras.

Estaba de pie junto a la pequeña estantería, con las yemas de los dedos rozando los lomos de los libros, observando los títulos. Sus hombros estaban más relajados que aquella tarde, cuando apareció por primera vez en mi puerta. Aun así, había un peso sobre él. Se le adhería como sombras con las que había aprendido a convivir.

Dejé que el silencio se estirara un poco más entre nosotros. Había pasado demasiados años llenando espacios que no me correspondían. Si necesitaba tiempo para respirar, le daría todo el aire del mundo. Yo sabía lo que quería esta noche, pero ¿él lo sabía?

Cuando por fin se volvió para mirarme, lo vi en sus ojos; ese destello de algo crudo, algo profundo. Amor. Anhelo, quizá incluso miedo. Todo enredado como enredaderas trepando por el costado de una casa.

"Izzy", dijo en voz baja, "necesito que sepas que no quiero apresurar esto".

"Lo sé".

Dudó. "No es porque no te quiera. Dios sabe que sí; no es eso en absoluto. Es solo que quiero hacerlo bien. Quiero construir algo".

La vulnerabilidad en su voz tocó una cuerda muy honda en mí. Tantos hombres me habían perseguido, deseado, elogiado mi belleza, mi voz, mi fuego. Se habían acostado conmigo, pero todos habían huido cuando las cosas se aquietaban. Cuando la música se detenía, no sabían cómo quedarse.

Pero Daniel estaba intentando quedarse.

Me quité los zapatos y crucé la habitación despacio, descalza sobre el suelo de madera, hasta detenerme frente a él. "Entonces vayamos despacio", dije. "Tomémonos nuestro tiempo".

Exhaló como si esa fuera la única autorización que necesitaba. Levanté la mano y toqué suavemente el cuello de su camisa, alisándolo. Luego dejé que mis dedos recorrieran la línea de su mandíbula, donde empezaba a crecer la barba. Se inclinó hacia el contacto, casi imperceptiblemente.

"Ven conmigo", susurré, tomando su mano.

Y vino.

El dormitorio estaba iluminado por la luz de la luna; sombras suaves se deslizaban por las paredes a partir de los rayos que atravesaban las cortinas claras. Parecían danzar también. Seguí guiándolo de la mano. Nada urgente, nada ostentoso. Solo dos personas entrando en algo honesto.

Se detuvo en el umbral.

"Izzy, ¿estás segura?"

Asentí. "Quiero ser vista, Daniel. No solo tocada".

"Te veo", dijo, con la voz espesa.

Volví a alcanzarlo, esta vez con ambas manos, atrayéndolo con suavidad al interior de la habitación. El peso que había cargado todo este tiempo no tenía que desaparecer; solo necesitaba un lugar donde descansar.

Nos quedamos de pie al borde de la cama y, por un momento, lo único que hicimos fue mirarnos. Me permití memorizar su rostro. La suavidad de sus ojos. El pequeño surco entre sus cejas que me decía que guardaba más de lo que decía. La forma en que me observaba, como si temiera que pudiera desaparecer.

Me moví primero, con los dedos rozando los botones de su camisa. Él detuvo mi mano un segundo, todavía inseguro.

"He pasado por muchas cosas", susurró.

"Lo sé", respondí. "Los dos".

Entonces alzó las manos, sin prisa, pero con reverencia. Me tocó la mejilla como si necesitara asegurarse de que yo era real, y luego su palma sostuvo la parte de atrás de mi cuello mientras me besaba.

Despacio.

Con suavidad.

No una tormenta, sino una marea tranquila acariciándome.

Se fue profundizando poco a poco, con respiraciones compartidas y corazones aprendiendo el ritmo del otro. Me tocaba como si estuviera escuchando, como si mi piel le hablara, reaccionando a su contacto, haciéndole saber que lo comprendía.

Nos movimos hacia la cama como si no se tratara de sexo.

Se trataba de llegar.

De ser vistos sin vergüenza.

De sanar a través de la cercanía, no de escapar con ella.

Me desnudó como quien abre un regalo que ha esperado toda su vida. Yo lo desnudé con un asombro silencioso, viendo a un hombre, no solo un cuerpo, uno que tenía cicatrices no solo en el corazón, sino grabadas en la forma en que se sostenía a sí mismo.

Había ternura en cada movimiento, como si ambos supiéramos lo frágil que era esto.

Cuando por fin entró en mí, no fue el deseo lo que nos impulsó; fue el anhelo.

Un anhelo de ser conocidos.

Un anhelo de estar a salvo.

Un anhelo de importar para alguien que no se marcharía cuando la canción terminara.

Se movía con suavidad, sin apartar la mirada de la mía, y yo me permití abrirme de una forma en que no lo había hecho en años. Me permití sentir no solo placer, sino amor.

Seguridad.

Intimidad.

Y él también lo sintió.

Lo vi en la forma en que le temblaban las manos al sostener mi rostro. En cómo se le cortaba la respiración cuando susurré su nombre como un secreto.

"Daniel".

En la manera en que nos movíamos juntos, sin prisa, sin coreografía, solo una conexión cruda y real.

Era un tipo de amor y pasión que no había conocido antes. Uno que no ardía demasiado rápido ni consumía todo a su paso. Brillaba. Permanecía.

Y después, cuando yacíamos enredados entre las sábanas, con los corazones aun golpeando en el pecho como tambores lejanos, Daniel se volvió hacia mí, con la voz apenas audible.

"No sabía que podía sentirse así".

"¿Así cómo?", pregunté.

"Como tú".

Un nudo se formó en mi garganta. Aparté su cabello de la frente, besé el pliegue entre sus cejas y sonreí.

"Es porque no solo estamos amando", susurré. "Estamos volviendo a confiar".

Nos quedamos dormidos en algún momento después, con sus brazos rodeándome y mi espalda apoyada en su pecho.

La noche estaba en silencio, salvo por las olas afuera y el crujido ocasional de la cabaña acomodándose.

Pero algo dentro de mí también se había aquietado.

Daniel no solo había regresado a mí.

Me había elegido.

Y por primera vez en mucho tiempo, no estaba esperando que el amor se quedara.

Ya estaba aquí.

Y maldita sea, sabía que esta vez no iría a ninguna parte.

18

De Vuelta a la Realidad

Izzy

La luz de la mañana se colaba por la ventana del dormitorio, suave y dorada, proyectando pequeñas sombras mientras los rayos atravesaban las finas cortinas y caían sobre el suelo de madera. Desde la cama podía ver que el mar estaba más tranquilo hoy. Me giré entre las sábanas; estaban frescas sobre mi piel y encontré a Daniel acostado allí, con un brazo cruzado sobre el pecho, los ojos abiertos, mirando el techo.

Se veía en paz. Y, sin embargo, había un destello en su mirada, como si pensamientos rebotaran en su mente.

Extendí la mano y dejé que mis dedos rozaran su antebrazo. Él se volvió a mirarme y sonrió, lento y adormilado, con ese tipo de mirada que me hacía sentir deliciosa.

"Buenos días", dije suavemente.

"Buenos días", repitió él.

Nos quedamos así un rato, sin hablar, dejando que el peso de la noche se asentara en nuestros huesos. Era encantador. Era real. Y era solo el comienzo de algo que ninguno de los dos había planeado.

Eventualmente, me moví, subiendo la manta y apoyando mi cabeza en su hombro.

"Estás pensando demasiado en voz alta", bromeé suavemente.

Se rió, pero no era una risa despreocupada. "Solo es la realidad llamando a la puerta".

"Sí", murmuré. "Eso supongo".

Silencio otra vez.

Pero este no era incómodo. Estaba lleno de preguntas.

Me levanté un poco, apoyándome en un codo para mirarlo. "Deberíamos hablar, ¿no?"

Daniel asintió. "Sí, deberíamos".

Me senté y me puse la camisa grande que había llevado anoche, y caminé descalza hasta la cocina para preparar café. Daniel me siguió, tomando una de las mantas de franela del sillón y envolviéndola alrededor de su cintura como una falda improvisada.

Éramos ridículos. Pero de la mejor manera posible.

La tetera hirvió, el aroma del café recién molido llenó el aire, y le pregunté qué quería desayunar.

"Oh, cariño. Lo que hagas estará bien".

Dios mío, me llamó cariño. Esto debía estar poniéndose realmente serio, pensé.

Preparé rápidamente un par de huevos estrellados, un poco de pan tostado y serví el café mientras nos sentábamos en la pequeña mesa redonda. Estaba junto a la ventana abierta, y escuchábamos el murmullo del océano mientras disfrutábamos de nuestra comida.

Terminamos y Daniel limpió antes de traer dos tazas humeantes más de café. Ambos tomamos un sorbo antes de decir una palabra.

Luego exhaló y comenzó. "Izzy, nunca he tenido una mañana así antes".

Sonreí. "Yo tampoco".

"Pero también sé que el amor no existe en el vacío. No para personas como nosotros. Venimos con historia".

"¿Maletas, quieres decir?" ofrecí, levantando una ceja.

Sonrió. "Sí. Equipaje de mano, maletas facturadas, equipaje emocional".

Ambos reímos suavemente.

Entonces el momento cambió de nuevo.

"Mañana tengo que volver a Sydney", dijo. "El trabajo ya me espera, y no puedo evitarlo para siempre".

"Lo sé", respondí. "Y el café no se va a manejar solo". Tomamos otro sorbo. Luego Daniel dejó su taza cuidadosamente y se inclinó hacia adelante.

"Izzy, no quiero arruinar esto. He arruinado cosas antes, especialmente con Sandra, y sé que todavía tengo cosas que resolver. Pero no me voy a alejar de esto. No, a menos que tú me lo digas".

Mi corazón se apretó. "No quiero que te alejes, Daniel. Quiero ver a dónde llega esto. Pero tienes razón. Necesitamos hablar de lo que sigue".

Asintió. "Entonces, ¿cómo quieres hacerlo? ¿Viajes en tren semanales y calendarios incómodos?"

Reí, pero sabía que no estaba completamente bromeando.

"Lo resolveremos", dije. "Paso a paso".

"Está bien", dijo. "Entonces hablemos de verdad".

Aprecié eso de Daniel. No tenía miedo de ir profundo. Solo necesitaba el espacio correcto. El momento adecuado.

Crucé la mesa y entrelacé mis dedos con los suyos.

"Empecemos con lo difícil", ofrecí. "Finanzas. ¿Cómo es la vida para ti ahora mismo?"

Daniel se frotó la nuca. "¿Sinceramente? Bastante estable. El departamento está totalmente pagado y vale probablemente entre 1.3 y 1.5 millones. Tengo un buen... en realidad, un excelente trabajo en una empresa fantástica, dirigiendo varios proyectos. Ocasionalmente, seminarios externos me brindan la oportunidad de ganar dinero extra con charlas, tanto internas para la empresa como externas para clientes. Recuerda que acabo de hacer uno en Melbourne. La empresa también tiene un seminario internacional una vez al año en el extranjero, lo que me da más exposición. A nivel personal, espero volver a escribir. Me siento, bueno, más completo ahora. Para ser honesto, no estoy nadando en dinero. Mi fondo de jubilación es sólido; si el mercado no tiene un gran tropiezo, debería poder retirarme a una edad razonablemente joven".

"¿De verdad? ¿Qué tan joven sería eso?"

"Oh, digamos entre 60 y 62".

"Yo también estoy bien", dije. "La Nota Velvet está completamente pagada. No hay hipoteca sobre el edificio. Todas las cuentas al día. Soy dueña de mi casa y de esta cabaña. Como puedes ver, es un palacio, ¿no?"

Daniel sonrió.

"Para mí lo es", dijo.

"Si vendiera el café de jazz, podría obtener más de 3 millones solo por el terreno y la ubicación. La casa vale fácilmente entre 2 y 2.4 millones. La cabaña no la vendería. Es un palacio".

Daniel soltó una risa suave y asintió.

Continué: "La Nota Velvet se paga sola y deja algo más. Tengo una pequeña herencia de mi tía que está invertida en una escalera de depósitos a plazo, y mi fondo de jubilación debería permitirme retirarme sin problemas. Pero llevar un café no es precisamente una mina de oro".

Intercambiamos sonrisas cómplices. Ninguno de los dos perseguía la riqueza. Pero ambos sabíamos que el amor no paga techos con goteras ni las compras del supermercado.

"No necesito que nadie me rescate", añadí. "Y tampoco estoy aquí para arreglar a nadie".

"No te lo pediría", dijo en voz baja. "Solo quiero construir algo en igualdad".

Ahí estaba otra vez.

Ese hilo entre nosotros.

Más fuerte que ayer. Ahora tejido aún más apretado.

"¿Qué hay de compromisos previos?", pregunté. "Aparte de Ryan irrumpiendo en cada momento de tu vida".

Se rió. "Ese es un riesgo laboral, sí. Pero no, nada serio. No tengo hijos. No hay padres mayores a los que cuidar. ¿Y tú?"

"Mi madre está en Queensland", dije. "La visito una vez al año. Sigue perfectamente lúcida y siempre preguntándome por mis amantes. Espero que estés preparado para eso".

Esta vez Daniel soltó una carcajada sonora.

"Para terminar, tampoco tengo hijos. Solo el café y, por supuesto, mi hermano menor Freddy".

"Me cae bien", dijo Daniel con una sonrisa.

Sonreí de lado. "Estabas listo para pelear con él, admítelo, y está molesto contigo por lo que pasó".

Levantó las manos. "Está bien, está bien. Entré en pánico. Pero se ganó mi respeto, y voy a compensarlo. Lo prometo".

"Bien. Lo necesitarás", dije. "Freddy puede oler las malas intenciones a kilómetros".

Daniel se recostó en la silla. "Eso es justo".

Terminé mi café y dejé que la cerámica caliente descansara entre mis palmas. "¿Y tus sueños, Daniel? ¿Qué quieres ahora?"

Miró su taza, pensativo.

"Quiero paz", dijo por fin. "No la ausencia de caos, sino ese tipo de paz que se siente como hogar. Quiero empezar a escribir y seguir escribiendo. Tal vez retirarme antes. Viajar un poco más y escribir. Tener a alguien con quien compartirlo".

Luego sus ojos se encontraron con los míos.

"¿Y tú?"

Me mordí el labio inferior. "Quiero ser vista. De verdad vista. He vivido una vida ruidosa, Daniel. Música. Escenarios. Pero ahora quiero calma. Conexiones honestas. Una vida en la que pueda despertar junto a alguien y no preguntarme si se va a ir".

Su mirada se suavizó.

"No me voy a ir", dijo.

"Te creo", susurré.

Nos pusimos de pie, tazas vacías y corazones llenos. Alcé la mano y volví a tocar su rostro, dejando que mi pulgar recorriera el pliegue cerca de su ojo.

"Iremos despacio", dije. "Pero iremos".

Besó mi frente. "Estoy dentro por completo".

"Ok, ya conocemos todo el trasfondo necesario de cada uno, así que vamos a empacar y a volver a la realidad".

19

El Horizonte de Sídney

Izzy

La cabaña a nuestras espaldas se sentía como un capítulo escondido de un libro que ninguno de los dos quería cerrar, pero sabíamos que las páginas tenían que seguir pasando.

El coche estaba cargado; las ventanas bajadas dejaban entrar el aire salado, y el sol temprano destellaba sobre la sinuosa carretera costera que se abría delante.

"Izzy", preguntó Daniel mientras arrancábamos, "¿cómo llegaste hasta aquí? Nunca vi ningún vehículo".

"Vine en tren".

"¿En serio? No sabía que la línea llegara tan al sur".

"Llega, y va aún más lejos. Deberías probarlo alguna vez".

"Lo haré", dijo.

Después de eso hablamos poco, y el silencio que siguió fue exactamente el adecuado. Del bueno.

Daniel conducía, una mano en el volante y la otra descansando suavemente sobre mi muslo, como un ancla. Pusimos jazz. Algo de Miles Davis, algo de Chet Baker, y dejamos que la música hablara por un rato.

Aproximadamente una hora después, mi estómago me traicionó con un gruñido muy audible.

Daniel me miró de reojo, sonriendo. "¿Acabas de rugirme?"

"No rugí. Eso fue un refinado rugido de dama".

"Bueno, tu refinado rugido de dama me está diciendo que necesitamos comer".

Entramos en un pueblito costero adormilado que parecía tener más gaviotas que personas y vimos un letrero torcido que decía "The Cranky Pelican — Est. 1974". Nos miramos.

"Estoy convencida", dije.

Dentro, todo era un kitsch náutico.

Redes colgando del techo, fotografías descoloridas de barcos pesqueros de otros tiempos y el tenue aroma de la sopa de ayer aun flotando en el aire. Un hombre robusto y de cara roja detrás de la barra levantó la vista de un crucigrama y nos saludó con un sonoro: "¡Pero miren a estos dos tortolitos!"

Casi tropecé con un taburete. Daniel soltó una risita y asintió con educación. "Solo buscamos algo para almorzar".

"Recién casados, ¿eh?", dijo el hombre guiñando un ojo. "Tienen ese brillo de recién casados. Lo vemos todo el tiempo por aquí. Algo en el aire marino, supongo".
Abrí la boca para corregirlo, pero Daniel se me adelantó.

"Oh, sí", dijo, llevándose una mano al corazón de forma dramática, "todavía estamos en la luna de miel. Incluso me deja conducir a veces".

El hombre soltó una carcajada y nos hizo señas hacia una mesa junto a la ventana. "¡La primera bebida corre por cuenta de la casa para la feliz pareja!"

Cuando nos sentamos, me incliné y le susurré: "Eres insoportable".

"Por favor, señora Carter", dijo con un tono estirado, "no en público".

Le di un manotazo en el brazo, tratando de no reírme.

"Te voy a tirar sopa encima".

Compartimos una canasta de pescado con papas fritas y un par de cervezas de jengibre. Entre bocados y risas, observé a Daniel bajo la luz del sol, las suaves arruguitas en las comisuras de sus ojos, la forma en que pidió servilletas extra para mí sin que yo lo pidiera. Era ridículo, perfecto, torpe y todo lo que nunca supe que necesitaba.

De vuelta en la carretera, la ligereza se mantuvo, pero el tono poco a poco se volvió más serio. Sídney se alzaba adelante como un marcador en una historia a la que teníamos que volver. Daniel se aclaró la garganta.

"Entonces", comenzó, "¿cómo se ve esto de manera realista?"

Tomé aire. "Ambos estamos atados a nuestro trabajo. El café es mi vida. Y sé que amas tu trabajo".

"Lo amo", dijo. "Pero podría pedir pasar a más trabajo de consultoría, lo que reduciría mi carga. Algo más por demanda. Ir y venir cuando quiera. Tomar los seminarios que sean mejores para mí, para nosotros".

Tras un momento de reflexión, continuó.

"No es ideal, pero me da algo de flexibilidad. Tal vez unos días a la semana en casa contigo. Unos en la oficina o con el cliente. O... incluso en Long Gully Point, si quieres".

Lo miré. "¿Harías eso?"

"Lo intentaría", dijo. "Porque esto... tú... importan".

Sentí un tirón en el pecho. "Tal vez pueda traer a otro gerente al café. Tomar un par de días libres por semana. No es imposible. Será un malabar, pero ambos hemos bailado sobre cuerdas más tensas antes".

"¿Has pensado en venderle el lugar a Freddy?"

Lo pensé un momento. "No, no lo he hecho. Déjame pensarlo mejor".

Seguimos conduciendo, dejándonos llevar por conversaciones ligeras: calendarios compartidos, quién cocinaba mejor (él, para mi fastidio), y cómo ninguno de los dos era persona de mañanas, aunque de alguna manera siempre lográbamos aparentarlo cuando hacía falta. También hablamos de cómo contarle todo aquello a las personas que formaban parte de nuestras vidas.

"Freddy va a fingir que está tranquilo con todo esto y luego te va a interrogar a fondo detrás de la máquina de espresso".

Daniel sonrió de medio lado. "Cuento con ello. Se lo debo".

"¿Y Ryan?", pregunté.

"Va a ser insoportable".

"¿No lo era ya?"

Daniel se rió. "Buen punto".

Luego dudé. "Mi madre..."

Daniel se quedó en silencio.

"No es cruel", dije con cuidado. "Pero es directa. Una vez le dijo a Freddy que su pelo lo hacía parecer una llama triste. Va a decir cosas".

Sonrió. "He tratado con directores ejecutivos y sus comités. Puedo manejar a una mujer con opiniones firmes".

"Es franco-australiana", advertí.

Las cejas de Daniel se alzaron. "Entonces, debería llevar vino".

"Muy buen vino", dije. "Y tal vez una tabla de quesos".

Ambos reímos, pero bajo el humor había una comprensión compartida: esto se estaba volviendo muy real. Estábamos entrelazando nuestras vidas en algo nuevo. Hilo por hilo.

Cuando el horizonte de Sídney apareció ante nosotros, me incliné y volví a entrelazar mis dedos con los suyos.

"Ya no estás huyendo", dije.

Me miró, con los ojos suaves.

"No. Estoy avanzando contigo".

20

❦

El Baile que Nunca Tuvimos

Izzy

Había estado mirando mi teléfono durante cinco minutos.

No era que no quisiera llamar a Freddy. Era que, por primera vez, no sabía exactamente cómo iba a reaccionar.

Siempre había sido protector desde que éramos niños.

Cuando papá se fue, Freddy dio un paso al frente con catorce años y, de pronto, se convirtió en el hombre de la casa. Nunca dejó de serlo. Incluso ahora, sirviendo lattes y organizando noches de jazz en La Nota Velvet, me vigilaba como un halcón enfundado en un delantal impecable.

Y yo era la hermana mayor. Vaya ironía.

Y Daniel... bueno, Daniel era un cambio en mi universo.

Toqué el contacto y presioné el botón de llamada.

"Buenas noches, hermanita", respondió Freddy, ya masticando algo. "¿Cómo van las cosas por allá?"

"¿Estás comiendo otra vez?", lo piqué.

"Siempre. Tostadas con Vegemite. Un clásico. Preparándome para el show de esta noche. ¿Qué pasa?"

Tomé aire. "¿Puedes venir mañana a mi casa? Como a las once. Daniel y yo queremos hablar contigo".

Hubo una pausa.

"¿Daniel? ¿Te encontró? ¿Te hizo algo?"

"No. Todo está bien. ¿Puedes venir?"

"¿Para hablar? ¿O sea... hablar en serio?"

"No ese tipo de charla", solté rápido. "Nada de bebés, ni bodas, ni emergencias. Solo una conversación".

Freddy soltó un suspiro largo y exagerado. "Está bien. Cancelaré mi clase de malabares".

"No haces malabares".

"No conoces mi vida, Isabelle".

"A las once".

Su voz se suavizó. "Claro. Llamo ahora mismo a Beatrix para que cubra mi turno". Hubo una pausa y luego: "¿Estás bien, Izzy?"

"Lo estoy", dije, sorprendida de lo cierto que sonaba. "De verdad, lo estoy".

Daniel

Mientras tanto, en mi apartamento, me quedé con el pulgar suspendido sobre el contacto de Ryan como si fuera un botón de lanzamiento nuclear.

Ryan era mi mejor amigo, pero también la persona más entrometida del planeta, y sabía que iba a exprimir este momento hasta el último segundo.

Presioné llamar.

"¡Ah! ¡El consultor pródigo regresa!", respondió Ryan sin saludo alguno, puro drama. "¿Cuánto tiempo ha pasado, dos semanas? ¿Te mudaste a España? ¿Te uniste a una secta? ¿Te abdujeron unos extraterrestres que sirven café con notas adjuntas?"

"Estuve fuera tres días, Ryan. Y estoy viendo a Izzy otra vez".

Hubo una pausa.

"¿En serio? ¿Te aceptó de vuelta?"

"Muy en serio, y sí, me aceptó. Digamos que estamos en un mejor lugar".

"Bueno, gracias a Dios. Estaba a punto de presentar una denuncia por desaparición bajo 'cobardía emocional'".

"¿Te sientes mejor ahora?"

"Mucho. ¿Qué pasa?"

"Quiero que vengas mañana a casa de Izzy. A las once. Tú, yo, Izzy y su hermano Freddy".

"Ohh, una cumbre", dijo Ryan. "¿Llevo corbata y un PowerPoint?"

Me reí. "Solo ven tú".

Volvió a hacer una pausa y luego añadió, con una sinceridad poco habitual: "Me alegra que hayas vuelto, amigo. Ella te hace bien".

"Sí", dije. "Creo que por fin también me hago bien a mí mismo".

21

Ciclón de Amistad

"¿Alguien dijo que habría carbohidratos y tensión sin resolver?", anunció la voz de Ryan incluso antes de que la puerta se abriera por completo.

Entró arremetiendo como un personaje de sitcom que llega a mitad de escena, brazos abiertos, gafas de sol puestas en interiores por razones que solo él conocía. Al ver a Freddy sosteniendo la bolsa de la panadería, señaló de forma dramática.

"¡Ajá! ¡Croissants! Sabía que olía a ofrendas de paz horneadas. Así es como sabes que algo grande está a punto de pasar. ¿Dónde me siento? ¡Pido el puf! Me da ventaja emocional en altura".

Se dejó caer con exageración, solo para hundirse de inmediato demasiado en el cojín.

"Este puf acaba de rechazarme. Qué grosero".

Izzy apenas pudo contener una sonrisa.

Freddy suspiró.

Daniel se frotó las sienes como si lamentara cada decisión que lo había llevado hasta ese momento.

Ryan tomó un croissant. "¿Sin mantequilla? ¿Qué es esto, el apocalipsis post-industrial?"

"Ryan", dijo Daniel con calma, "nos gustaría hablar".

"¿Hablar o 'hablar'?", preguntó Ryan, moviendo las cejas.

Izzy levantó una mano. "Te juro que si haces comillas en el aire una vez más hoy..."

Daniel intervino antes de que la discusión se convirtiera en un deporte olímpico. "Solo queríamos decirles a los dos que lo estamos intentando. Oficialmente. Izzy y yo".

Freddy arqueó su ceja característica, mirándolos alternativamente, como si estuviera a la vez impresionado y molesto por no haber recibido la información antes.

Ryan estaba a medio bocado y soltó un fuerte "mmm" de satisfacción que podía deberse tanto al croissant como a la declaración amorosa. Difícil saberlo.

"Entonces", dijo Ryan, tragando de manera exagerada, "¿esta es la gran revelación? ¿Están saliendo otra vez? Amigo, pensé que ibas a decirnos que habías comprado una granja de cabras o que te habías unido a un culto clandestino de poesía".

"Yo me uniría a eso", dijo Freddy distraído. "Depende de los beneficios".

"¿Puedo terminar?", preguntó Daniel, lanzándoles una mirada a ambos.

"Vale", dijo Ryan, inclinándose hacia delante y apoyando la barbilla en los nudillos como un columnista de chismes. "Cuéntanos cómo cabalgaron hacia la niebla".

Daniel dudó, pero Izzy lo empujó suavemente.

"Necesitaba tiempo", admitió Daniel. "Para pensar. En todo. Sandra. Mi pasado. En dónde me equivoqué. Pero me di cuenta de que tenía miedo. A la felicidad. Y ya no quiero tenerlo".

Freddy se puso serio. "Entonces, ¿qué cambió?"

"Izzy", dijo Daniel simplemente. "Ella me hace querer quedarme. No huir".

Ryan olfateó y se pasó la mano por los ojos de forma dramática. "Ok, basta. Si ustedes dos me hacen sentir emociones otra vez, voy a necesitar vino y Enya".

Izzy soltó una risita. "Son las once de la mañana".

"Lo cual es tarde en Europa", declaró Ryan. "¡Y el tiempo es un constructo cuando el amor está en la habitación!"

Daniel estaba exasperado.

"¿Qué demonios es Enya?", preguntó.

Ryan se rió. "Daniel, ERES un hombre mayor. Enya es una cantante y compositora irlandesa. Con ventas estimadas de más de 90 millones de álbumes en todo el mundo, Enya es la solista irlandesa más vendida y el segundo acto musical más vendido de Irlanda en general, solo después de la banda de rock U2".

Daniel miró a Ryan, a punto de decir algo, cuando Freddy intervino. "Daniel, solo quiero que ella sea feliz. Si estás dentro, de verdad dentro, entonces estoy bien. Pero si le haces daño, tengo formas creativas de hacerte arrepentirte. ¿Has oído hablar de un espresso inverso?"

Ryan se animó. "Ah, ¿te refieres a cuando inyectas café caliente hacia arriba? Leí algo así una vez en una novela de guerra".

"¿Podemos no hablar de tortura con café mientras intento construir algo sagrado?", pidió Daniel.

"Vale, vale", dijo Ryan levantando las manos. "Pero tienes que dejarme planear algo. No me importa si es una primera cita versión dos o una ceremonia de compromiso en un supermercado. Déjame eso a mí".

Freddy negó con la cabeza. "Ahora es tu problema".

"Siempre he sido su problema", susurró Ryan a Izzy como si estuvieran en una película de espías.

Daniel se inclinó y tomó suavemente la mano de Izzy, anclándola. Ella lo miró y lo sintió: ese calor tranquilo. Esa certeza.

Más allá de las payasadas de Ryan, esto se sentía real. Era real.

"Bueno", dijo Freddy, poniéndose de pie y estirándose, "los dejaré, tortolitos, para lo que sea que hagan las personas de sesenta años después de declaraciones emocionales y croissants. ¿Álbumes de recortes?"

"¡Freddy, NO tenemos sesenta años!", gritó Izzy.

Ryan dio un salto. "No desprestigies la creación de álbumes personalizados. Ahí es donde los recuerdos van a vivir para siempre".

"Freddy", dijo Izzy, poniéndose también de pie, "gracias. De verdad".

Él la atrajo en un abrazo con un solo brazo. "Siempre te voy a cubrir la espalda, Izzy".

Daniel se acercó y le tendió la mano.

Freddy la tomó tras una breve pausa. "No arruines esto, Carter".

"No está en mis planes".

Ryan dio una palmada. "¿Abrazo grupal? ¿Demasiado pronto?"

"No", dijeron Izzy y Daniel al mismo tiempo.

Ryan se lanzó como un cachorro. El abrazo fue torcido, raro y un poco demasiado largo. Pero ninguno de ellos soltó primero.

Al final, Freddy se separó y tomó sus llaves. "Tengo que preparar un almuerzo. Intenten no explotar emocionalmente antes de la una".

Ryan lo siguió hasta la puerta, pero se detuvo antes de salir. "Voy a mandarles por mensaje 17 ideas de nombres de pareja para que se borden bufandas".

"No", advirtió Izzy.

"Me inclino por Dizzy", dijo Ryan, y salió corriendo antes de que pudieran lanzarle algo.

De repente, Freddy asomó la cabeza antes de que Ryan cerrara la puerta. "Izzy, ¿ya le dijiste a mamá lo que está pasando?"

"No".

"Oh, eso va a estar bueno. Nos vemos, hermanita".

Por fin solos, Daniel e Izzy volvieron a sentarse en el sofá.

"No sé qué acabamos de sobrevivir", dijo Daniel, frotándose la cara.

"Creo que fue un ciclón de amistad", murmuró Izzy.

"Pero uno lleno de cariño", añadió él.

Izzy lo miró, con el calor subiendo como vapor de una taza de té. "Manejaste bien a Freddy".

"Creo que pasé la prueba del hermano".

"La pasaste".

Daniel se recostó, ya relajado. "Aun así, creo que tenemos que prepararnos para tu madre".

Izzy gimió. "Oh, ese es un huracán emocional completamente distinto".

"Ryan va a querer estar involucrado en eso también, ¿no crees?"

Izzy asintió. "Probablemente deberíamos advertirle".

Daniel sonrió. "Por ahora, disfrutemos primero de este momento de calma".

22

Una Visita a Maman

Izzy

Hay un tipo muy específico de temor que se siente al llamar a una madre para anunciar una visita. Multiplica eso por diez cuando esa madre en cuestión es francesa y en una ocasión reprendió a un sacerdote católico por hablar demasiado bajo durante misa.

Y multiplícalo por infinito cuando vas a llevar a Daniel, el hombre que quizá amas, y a Ryan, el equivalente humano de un golden retriever que ha encontrado una caja de vino. Llamé a Maman alrededor de las 3 p.m. un jueves.

"¿Isabelle?" respondió con su fuerte acento, la 's' pronunciada como una serpiente enrollada en terciopelo.

"Hola, Maman", dije, ya haciendo una mueca. "Voy a subir este fin de semana".

"¿Vas? ¿Qué pasa? ¿Estás enferma? ¿Está enfermo Freddy? ¿Quién murió?"

"¡Nadie! Estamos bien. Freddy también viene. Y traemos invitados".

Hubo un instante de silencio.

"¿Invitados?"

"Sí".

"Izzy".

"¿Sí?"

"¿Traes un hombre?"

Técnicamente sí, pensé. Pero sonreí como si ella pudiera verlo. "Quizá. Ya verás".

"Hmm".

El 'hmm' duró cinco segundos. Lo conté. Era su manera de anunciar juicio. Una ceja sonora que subía como un cohete de SpaceX al cielo.

"Estaremos allí el sábado".

"Prepararé pollo asado", dijo con tono plano. "No porque lo apruebe. Sino porque soy educada".

Nunca le había contado realmente a Daniel sobre Maman.

Vivía en Mermaid Beach, en la Gold Coast, Queensland. Marguerite Isabelle Josephine Laurant tenía 73 años, y se había casado con Monsieur Frédéric André Laurant a la temprana edad de 18 años.

Monsieur Laurant tuvo la mala fortuna de ser sorprendido con la esposa de un comisario de policía retirado en París flagrante delito, y fue recompensado con tres balas en el corazón, dejando a la joven Marguerite Isabelle Josephine Laurant viuda a los 23 años, con dos hijos pequeños y una fortuna de 135 millones de francos suizos. Una fortuna que invirtió con los años y, tras asegurarse de que sus hijos crecieran capaces de valerse por sí mismos, se mudó a lo que entonces era un pequeño y pintoresco château en Mermaid Beach, ahora valorado en poco más de 25 millones de dólares australianos.

El Chateau Laurant estaba a un kilómetro de su playa privada. Era cultivado y cuidado con rigor por un personal de 12 personas, supervisado por Maman como una sargento entrenada.

Cuando llegamos al aeropuerto, nos esperaban dos limusinas impecables. Fue entonces que entré en modo explicación.

"Daniel, Ryan. Nunca les conté mucho sobre... Maman. Es un poco especial y tiene algunos fondos detrás".

"¿Algunos fondos? ¿Suficientes para contratar dos limusinas que nos recogieran?" añadió Ryan.

"No exactamente...", dijo Freddy. "Ella posee estas dos limusinas y una más".

Daniel y Ryan se miraron entre sí. "¿Cuántas tiene en total?"

"Lo verán cuando lleguemos. No se preocupen. No es gran cosa", respondí.

Al subir a la primera limusina (la segunda, les aclaré, era para llevar sus maletas), Daniel se sintió subido de ropa. Iba bien vestido con camisa abotonada, jeans limpios y sudor nervioso. Ryan llevaba una camisa hawaiana con flamencos.

"No creo que a tu madre le guste", dijo Ryan alegremente.

"Ya no le gustas", murmuré. "Aún no sabe que existes, pero de alguna manera sabe que desaprueba".

"Excelente", dijo Ryan. "Mejor entrar bajo y sorprenderla".

"Por favor, no hables de ti como un fondo de inversión de bajo rendimiento", murmuró Daniel.

"Oye, si ella es francesa, yo me encargo. Una vez salí con una chef de pastelería llamada Claudine. La encantaré como una baguette recién horneada".

Freddy resopló. "Y terminas tostado".

Maman nos recibió en el pórtico con una blusa de lino impecable y el cabello recogido en un moño regio. Sus ojos recorrieron a Daniel con desconfianza, pasaron sobre Freddy con alivio y un rápido beso, y se posaron en Ryan como si hubiera arrastrado barro desde tres suburbios atrás hasta su alfombra.

"¿Debes ser amigo de Freddy?" dijo, extendiendo la mano hacia Daniel.

"No, señora", respondió Daniel. "Estoy con Izzy".

"¿Estás?"

"Sí".

"Hm". Se volvió hacia Ryan. "¿Y este es?"

"Ryan Michaels", dijo, haciendo una profunda y teatral reverencia. "Académico a medio tiempo, deleite a tiempo completo".

"Ah", dijo ella, retirando la mano. "Un payaso".

Ryan parpadeó. "Técnicamente, ese es mi segundo nombre".

Era hora de almorzar.

La mesa estaba bellamente puesta. Mantel blanco, copas de vino, fina porcelana y dos pollos asados. Tan perfectamente asados que parecía que un estilista de alimentos los hubiera pintado. Maman despidió a sus sirvientes y nos sirvió a cada uno, diciendo nuestros nombres en voz alta como si estuviera sellando pasaportes.

"Freddy".

"Merci, Maman".

"Isabelle".

"Merci".

"Daniel".

"Gracias, ma'am".

"Ryan".

"Encantado, madame".

"Sin vino para ti".

La boca de Ryan se abrió. Luego se cerró. "Anotado".

El almuerzo fue, en una palabra, tenso.

Maman interrogó a Daniel como si fuera un filete que no había pedido.

¿De dónde era?

¿Por qué se había divorciado?

¿Por qué no se había cortado el cabello de otra manera?

¿Cuál era su puntaje de crédito?

"Usted es consultor, ¿no es eso alguien entre trabajos?"

Daniel, a su crédito, se mantuvo firme.

Pero cuando ella preguntó por qué no la había llamado antes de salir con su hija, algo en él se rompió.

"Con todo respeto, Madame Laurant", dijo Daniel, dejando su copa de vino, "no sabía que necesitaba su aprobación. Izzy es adulta. Y es más que capaz de elegir a quién es adecuado para ella".

Hubo silencio.

Silencio absoluto, sagrado.

Incluso Freddy pausó mientras masticaba.

Los ojos de Maman se entrecerraron.

Ryan susurró a Freddy: "Está muerto".

Pero luego Maman se reclinó. Una sonrisa lenta se curvó en sus labios.

"*Enfin*", dijo. "Alguien con columna vertebral".

Levantó su copa de vino. "Bienvenue, Daniel".

Daniel parpadeó. "¿Esper... qué?"

Ella se encogió de hombros. "Tenía que saber. A Izzy le gustan los hombres suaves. Soñadores. Tenía que ver si tenías agallas. Las tienes. Apruebo. Por ahora".

Después del almuerzo, todos caminamos por su enorme jardín. Ryan intentó nombrar cada flor. Erró en tres, una de ellas tan mal que los geranios todavía están ofendidos. Maman entrelazó su brazo con el mío.

"Es interesante", dijo, señalando a Daniel. "Callado, pero no débil. Me gusta eso. Pero el otro..."

"¿Ryan?"

"Me gustaría lanzarlo al océano".

"Creo que flotaría", ofrecí.

"Como un pato hinchado", murmuró. "Dime, ¿amas esto, a Daniel?"

"Sí", dije honestamente.

"Entonces asegúrate de que lo sepa. Los hombres olvidan. Especialmente cuando son felices. Es la miseria la que les hace recordar lo que tienen".

"Muy alentador, Maman".

"No es mi trabajo ser alentadora. Es mi trabajo proteger tu corazón. Pero admitiré que este podría ser bueno para ti".

De regreso al château, Ryan salió del baño de invitados con una bata que claramente pertenecía a Maman.

"No preguntes", dijo Freddy, negando con la cabeza.

Maman pasó y lo vio. "¿Estás usando mi bata de lavanda?"

"¡Es esponjosa!" dijo Ryan, girando.

"Era de mi luna de miel".

"La trataré con el respeto de mil campos de lavanda".

"Devuélvela antes de que la prenda en fuego".

Los siguientes dos días pasaron volando. Tuvimos más almuerzos de pollo asado, pero con bastante vino (excepto para Ryan) y muchos momentos de conversación privada con Maman mientras Freddy y Ryan estaban en la playa.

Mientras nos alejábamos en la limusina para tomar nuestro vuelo de regreso a Sídney, Daniel me miró. "Es intensa".

"Lo es. Pero la manejaste".

"Le respondí. Eso pudo haber salido mal".

"Le respondiste con respeto. Esa es la única forma de atravesar la prueba".

En el asiento trasero, Ryan suspiró profundamente.

"Creo que quería matarme".

"Lo hizo", dijo Freddy. "Pero nunca te olvidará".

Ryan sonrió. "Mi trabajo aquí ha terminado".

Y así, con el terror de la bata con aroma a lavanda detrás de nosotros y su improbable aprobación ganada, el siguiente capítulo de nuestra historia había comenzado.

No con un gesto dramático ni promesas susurradas, sino con varios almuerzos de pollo asado, una matriarca francesa y el tipo de valor que solo surge cuando te das cuenta de que la persona por la que estás luchando vale cada momento incómodo.

23

Ojos Bien Abiertos

Habían pasado varios meses desde aquel fatídico fin de semana en Queensland, donde el pollo asado y la desaprobación con aroma a lavanda de algún modo habían forjado un vínculo definitivo. Ahora, la vida de Daniel e Izzy había encontrado su ritmo, no llamativo ni perfecto, sino real. Ese tipo de real suave y satisfactorio que se cuela poco a poco y susurra: Esto es. Esto es lo que importa.

Izzy había tomado decisiones importantes durante esos meses.

La Nota Velvet, su pasión y su carga, se había convertido en un próspero refugio de jazz, dirigido por más que solo su impulso y su voluntad. Freddy, su hermano ferozmente leal y extraordinariamente competente, finalmente había aceptado su oferta de asumir el cargo de gerente general.

"¿Quieres decir que puedo gritarles a los proveedores y no sentirme culpable por ello?" había preguntado con una sonrisa. "Apúntame".

Juntos, contrataron a un gerente de turno nocturno para encargarse de los clientes tardíos, e incluso promovieron a Beatrix a gerente diurna, lo que hizo que Beatrix llorara sobre su latte de soja antes de organizar de inmediato un calendario codificado por colores para los próximos seis meses.

Izzy se sentía más ligera ahora.

Tenía tiempo para su vida, para Daniel, para mañanas lentas y fines de semana de verdad. La Nota Velvet seguía siendo suya, pero ya no tenía que cargarla como un yunque atado a su pecho.

Daniel también había experimentado su propia transformación.

Cerró varios trabajos de consultoría, uno de los cuales resultó ser un proyecto soñado para una startup literaria que necesitaba ayuda estratégica a largo plazo, pero solo requería unas 20 horas a la semana. Pagaba bien, respetaba su tiempo y le dejaba espacio para finalmente hacer lo que lo había perseguido durante años: terminar su novela.

"¿Quieres decir la del perro que habla y trabaja de pianista de jazz por las noches?" bromeó Izzy una noche mientras se acurrucaban en la cama.

"Eso fue una fase", respondió él secamente. "Evolucionó. Ahora el perro es terapeuta".

Ryan, por supuesto, seguía siendo una presencia inevitable en sus vidas. Y en un giro de trama que ninguno de los dos podría haber escrito, Marguerite Isabelle Josephine Laurant había desarrollado un gusto extremadamente específico por él.

Al principio, fue desconcertante. Marguerite invitaba a Ryan al château para catas de vino, de quesos raros y, una vez, para una lección de esgrima.

"Me llamó *l'idiot* al menos seis veces", dijo Ryan con orgullo. "Creo que eso significa que le gusto".

"O está advirtiendo a los aldeanos", murmuró Daniel.

"Me dijo que tenía *le je ne sais quoi*", agregó Ryan con un gesto dramático.

"Quiso decir que eres un misterio que aún no ha resuelto".

"Exacto".

Aun así, funcionaba.

De algún modo imposible, el encanto caótico de Ryan encajaba en el mundo calculado de Marguerite. Discutían como un spin-off que nadie pidió, pero que todos amaban en secreto. Izzy ya no lo cuestionaba. Su madre solo se aseguraba de que la habitación de invitados estuviera siempre limpia y abastecida con el té preferido de Ryan.

En cuanto a ellos dos, Izzy y Daniel, su vida era un mosaico de lo normal y lo nuevo. Desayunos compartidos, notas garabateadas en servilletas, tardes leyendo o paseando por el puerto de Sídney y algunos viajes a la cabaña, solo ellos.

Todavía había momentos de duda, por supuesto.

Nadie sobrevive a un desamor sin cicatrices.

Pero lo que seguían eligiendo, todos los días, era estar juntos.

Una noche de martes, charlaban en La Nota Velvet, acurrucados en su puesto favorito bajo el viejo póster de Coltrane. Freddy estaba detrás de la barra, tarareando algo vagamente familiar y bluesero. La nueva gerente de turno nocturno, Rhea, tomaba el relevo de Beatrix, mientras un cantante de cara juvenil ajustaba nerviosamente su micrófono.

En la mesa cerca del escenario, una joven pareja discutía.

No con enojo, sino con la tensión de ojos abiertos y medio susurrada de dos personas tratando de decidir si romper o finalmente dar el salto.

Izzy los observó un rato, apoyando la cabeza en el hombro de Daniel.

Él la rozó suavemente. "Eso fuimos nosotros, una vez".

"¿Lo fuimos?"

"Bueno, yo no me veía tan joven", admitió. "Y tú definitivamente discutías mejor".

Ella rió. "Todavía lo hago".

Se sentaron en un silencio cómodo por un momento, el tintinear de las copas y el zumbido bajo de la música envolviéndolos como una manta.

"¿Sabes lo que me encanta de esto?" dijo finalmente Daniel.

"¿Mi café y cócteles caros?"

"Que podemos hacerlo diferente. No perfecto. No digno de película. Solo nosotros".

Izzy lo miró, con los ojos suaves. "Quieres decir amor de adultos".

"Exactamente. El tipo aburrido y hermoso".

Chocaron sus copas. Izzy bebió un sorbo y sonrió.

"Deberíamos decirle a esa pareja joven que no pierdan tiempo con el drama. Que pasen directo a lo bueno".

"Podríamos", dijo Daniel, recostándose. "Pero entonces no lo habrían ganado".

Los observaron un rato más mientras la pareja se quedaba en silencio, los dedos acercándose lentamente sobre la mesa.

Izzy se volvió hacia Daniel. "Hemos llegado lejos, ¿no?"

"Sí, lo hemos hecho".

Y así terminó todo.

No con fuegos artificiales ni declaraciones grandiosas, sino con dos personas eligiéndose una y otra vez.

Sobre tostadas.

Sobre errores.

Sobre frases cursis.

Sobre un martes por la noche, jazz y silenciosa realización.

El amor, a su edad, no era cuestión de gestos dramáticos ni cuentos de hadas. Era elegir al otro todos los días, con los ojos bien abiertos.

Sobre el Autor

José F. Nodar

Arrojado a uno de los mayores desafíos de la vida con tan solo once años, la historia de José comenzó en La Habana, Cuba. La Revolución Cubana lo obligó a subirse solo a un avión, lo que lo llevó a un orfanato en un pequeño pueblo de Georgia llamado Washington. No se reencontró con sus padres hasta los dieciocho años, cuando se graduó de la secundaria en Atlanta.

En la Universidad Estatal de Georgia, se enfocó en Administración de Empresas. Desde allí, se desenvolvió en el mundo de las finanzas, primero en el First National Bank de Atlanta (ahora Wells Fargo) y luego como gerente de proyectos en consultoría financiera. Estos puestos lo llevaron por Estados Unidos, Europa e incluso Australia.

Fue en Camden, Nueva Gales del Sur, Australia, donde una chispa encendió la creatividad de José. Un grupo de escritores se convirtió en la plataforma de lanzamiento de su primera novela, y pronto, su mente dio a luz a Danny Monk, su primer personaje importante.

Pero la vida de José no se trata solo de escribir. Cuando no está creando historias cautivadoras, es posible encontrarlo en el centro comercial local, observando el mundo y buscando inspiración para futuros personajes. Lejos de su computadora, se sumerge en los libros o disfruta de largos paseos por Spring Farm.

145

Otros libros de José F. Nodar

Stories to Share with My Partner Book 7

Stories to Share with My Partner Book 8

Stories to Share with My Partner Book 9

Stories to Share with My Partner Book 10

Stories to Share with My Partner Book 11

Español

- Cuentos Para Compartir con Mi Pareja Libro 1

- Cuentos Para Compartir con Mi Pareja Libro 2

- Cuentos Para Compartir con Mi Pareja Libro 3

- Libros, Bolígrafos y Hurto

- Reparando Corazones en Crystal Cove

- Un Amor Finalmente Declarado

- El Autobús del Tiempo

- Una Noche de Amor

Copyright © 2026 by José F. Nodar